小学館文庫

土下座奉行

どげざ禁止令

伊藤尋也

小学館

目次

序

春には春の。秋には秋の。

土下座にも、旬や季節というものがある。

「――ならば、つく手はひとつのようだの」

弘化《こうか》年間、十二代将軍徳川家慶《いえよし》公が治世のこと。

いつぞやの桜吹雪《さくらふぶき》からもうふた月以上。そろそろ梅雨《つゆ》どき、五月雨《さみだれ》どき。昨夜から降り続ける雨のため、目に映る景色すべてはどんより蚊帳《かや》ごしのよう。

天も分厚い雲で覆われ、昼八つ（午後二時）というのに薄暗い。細《こま》い雨粒を含んだ風が冷たく月代《さかやき》に吹きつける。着物が重いのは湿気のためか、あるいは湿気《しけ》った気分のためなのか。

北町奉行所のお白州《しらす》も、白砂利《じゃり》が雨水を吸い一面暗灰色に染まっていた。

このような空模様の日であれば、裁きを受ける側の町人も軒下で雨をしのぐことが許される。

そんな中……、

「亥の屋弥平《いややへい》よ。どうか、どうか、どうかこのとおり！」

五十路《いそじ》過ぎで裃《かみしも》姿の北町奉行は、縁側の床を蹴り、ばッ、と跳んだ。

そして化鳥が羽ばたくごとく着物の袖と袴《はかま》をひるがえし、雨降る白州へと舞い降りるや――。

下げたのだ。

頭を。

土下座である。

砂利の地べたに両手両膝をしかと突き、さらには額も擦《す》りつけて。

肌は冷気で青ざめて、裃の肩や背中はすっかりずぶ濡《ぬ》れ。

つい先ほどまでは大空を翔《と》ぶ翼か大輪の花のようであった袖と袴も、天から雨水、地から泥水を吸い取って、無残なまでにしおれていた。

それは花が雨風と共に散り、露《あら》われた実がさらに地に落ち、朽ち果てていくかのごとく。

今の奉行の姿に名をつけるなら、

〝梅零ルル九相図《こぼくそうず》ノ土下座〟

『九相図』とは屍《しかばね》が朽ちていく様子を描いた仏教画のこと。じめっとした不吉さも込みで、まさしく梅雨どきならではの旬土下座といえよう。

「弥平よ、どうかこのとおり。お主の着物を泥撥《どろは》ねで汚したという六つの童《わらわ》、許してやってはくれぬだろうか」

これほど見事な土下座を前にしては、けちと因業《いんごう》で知られた米問屋の亥の屋弥平も、

「は……はい、お奉行様がそうおっしゃられますなら……」

と、ただ引き下がる他はなかった。


白州の脇から裁きを見ていた廻《まわ》り方同心小野寺重吾《おのでらじゆうご》は、北町奉行の土下座姿をその目にして、ほんのわずかに眉をひそめた。

(——やはり、下げたか)

驚きはない。想定の内。ふた月前に御役に就いたこの北町奉行であるならば、どう

せ頭を下げるに決まっていたのだ。

奉行の名は牧野駿河守成綱《まきのするがのかみなりつな》。

人呼んで〝どげざ奉行〟。――のちに将軍家慶公より土下座御免状を賜《たまわ》り、ペリーと対決する男である。

気がつけば雨は上がり、雲の切れ間から陽光がひとすじ差し込んでいた。

壱「三方一どげ損（前編）」

一

空はひさびさに晴れていた。牧野駿河の土下座の気合いが天の雨雲を斬り裂いたとでもいうのだろうか。

奉行所の門の外からは、喝采の声が聞こえてきた。

「――するがサマがどげなされた！」

「――ハチんとこの坊主は許されたぞ！」

泥撥ね童の縁者か、あるいは暇な野次馬どもであろう。先ほどまでの雨の中、蓑笠《みのかさ》姿にて裁きが終わるのを待っていたのだ。

――ことの始まりは、三日前の雨上がり。江戸でも指折りの米問屋である亥の屋の主《あるじ》弥平が歩いていると、近くを通った子供がうっかり水たまりを踏み、着物に泥を撥ねてしまった。

この季節がらの不運であったが、業《ごう》つくばりの弥平は『駄目にされた着物代を払え』と子供の親に迫ったのである。

相手は幼く、父親は貧しい職人であったというのに。

周囲もさんざん宥《なだ》めたが、それでも弥平が騒ぐために一件は町奉行所の預かりとなり……最後には、先に述べたように北町奉行自らの雨中の土下座で決着したというわけだ。

「——さすがは〝どげざ奉行〟、名お裁き」

「——オウ、講談《こうだん》の大岡越前《おおおかえちぜん》サマもかくやってモンだ」

町人たちの歓声の中、小野寺は——、

(名お裁き……であるのか？　本当に？)

表から聞こえる声に首をかしげた。納得いかぬ。

廻り方同心、小野寺重吾は二十八歳。

真面目《まじめ》な男だ。まだ若いのに十二名いる廻り方同心のうち序列は五位と、その仕事ぶりは高く評価されている。

ただ一方で、真面目さゆえに頭が堅くて口うるさいのが玉に瑕《きず》。同心仲間や町人衆からは〝しゅうとめ重吾〟などと呼ばれているほどであった。

そんな彼であるから、先ほどの裁きに――いや、あの牧野駿河守の白州そのものに、どうにも釈然としない想《おも》いがあった。

（皆が喜んでいるのはよいが……しかし、お奉行、なにゆえに土下座をなさる？　なぜ、そのようなことをせねばならぬ？）

今さらながらの悩みであるが自然と眉間に皺《しわ》が寄る。

もともと小野寺は、常に眉をうっすらしかめたような人相をしていたが、あの奉行が来て以来、いっそう眉間の皺が深まった。鏡を見るたびそう感じる。ますますしゅうとめ面《づら》になってしまった。

（近ごろは、町人たちにも〝どげざ奉行〟の土下座っぷりがすっかり知られてしまった。お奉行も別に隠しておられぬのだろうが……）

牧野駿河守が北町奉行に就いてから、すでにふた月以上が過ぎている。

あの奉行、相手が町人であろうと場所が白州であろうと、ためらうことなく頭を下げた。これでは知られるなという方が無理であろう。

おまけに近ごろは瓦版に取り上げられることも増え、今日のように物見遊山《ものみゆさん》の野次馬どもが来る日も多い。

本当にこれでよいのだろうか？　町奉行所の威厳や権威は保たれるのか？

――裏口から奉行所を出ると、外では小者《こもの》（岡っ引き）の辰三《たつぞう》が待っていた。

「旦那、聞きやしたぜ。さすがはお奉行さま、名お裁きでございやすな」

小野寺は辟易《へきえき》する。この男、いつもこうだ。

いかつい猪《いのしし》が床屋でひげと月代をつるつるにしてきたような不細工顔で、しかも普段は仏頂面《ぶっちょうづら》であるくせに、奉行のこととなると満面の笑みを浮かべてぶごーぶごーと鼻息荒く褒め称《たた》えた。腹立たしい。

「辰三よ、そこまで褒めることと思うか？」

「ええ、そりゃそうでやしょ。そこいらの貧乏人のがきを助けるために頭を下げるなんざァ、そうそうできることじゃありやせん。ご立派でやす」

「うむ……。まあ、そうではあるのだが」

それ自体は立派であろう。町人たちに好かれているのも納得がいく。普通であればあのように頭ばかり下げている役人など、民から侮られるものであろうに。

「しかし、どうにも釈然とせぬというか……」

「やれやれ、小野寺の旦那はどうしてそんなにお奉行の『ど』の字が気に食わねぇんで？」

『ど』の字とは、すなわち土下座。

「旦那は『竹五郎河童《たけごろうかっぱ》』の一件が落着したとき、お奉行とお互い『ど』の字をし合って仲直りしたと聞きやした。今さら陰で文句言うたァおかしいですぜ」

「その話、八重《やえ》から聞いたのか⁉　あの愚妹め、なんたる口の軽さだ」

そもそも、妹に見られていたと初めて知った。

たしかに一件落着のあと〝どげざ奉行〟と〝しゅうとめ重吾〟で互いを認め、頭を下げ合ったのは事実である。――なれば辰三の言う通り、今さらぶつくさ口にするのは武士として潔くあるまい。

（私とて、あのときの自らの想いに水を差したくはないのだが――）

それでも気に食わぬものは仕方ない。

もしかすると単に回数の問題かもしれぬ。五月の月番《つきばん》になってから、奉行は裁きの場にて三度に一度は『ど』の字をしていた。

いくら〝どげざ奉行〟〝どげざ駿河〟などと呼ばれている男とはいえ、さすがに下げすぎというものだ。

「……まあ、よい。この話はもう終わりだ。さっさと見廻りに出るとしよう」

「へえ、それがよろしいでやしょう」

せっかくの晴れ間だ。

ひさしぶりに日差しはまぶしく、風が肌に心地よい。五月の貴重な見廻り日和《びより》。

小野寺たちが新たな騒動に巻き込まれるのは、ほんの四半刻《しはんとき》後のこととなる。

二

小野寺の主な縄張りは、上野《うえの》の東側あたり。

上野といえば桜であるが、このあたりは梅も多い。木を見上げると青い実があちらこちらに生《な》っていた。とはいえ――、

「旦那、足元にお気をつけくだせえ」

「うむ、わかっている」

雨上がりの道だ。頭の上など見ていられない。目に入るのは愛くるしい梅の実ではなく、足元で慎ましやかに咲く紫陽花《あじさい》ばかり。

水たまりを踏まぬよう、ひょいっ、ひょいっ、と兎《うさぎ》のように跳ねながら、ふたりは町を見廻った。

同心や小者は荒っぽく振る舞うのも仕事のうちであるから、わざとばしゃばしゃ泥を撥ねながら歩く者もいると聞く。──しかし、ついさっきのお白州を見たばかりだ。余計な揉《も》めごとは御免こうむる。

そうでなくとも、このしゅうとめ同心は他人のことに口うるさい分、自分の所作にも気を遣わねばおられぬ性質《たち》であった。

しゅうとめ同心とつるつる猪、二羽の十手《じって》持ちが跳ねているのは大通りから四本ばかり外れたあたり。

安長屋の並ぶ裏通りだ。

表通りの大店《おおだな》に出入りする小売りや職人、食い物屋は一、二本外れた道に店だの住《す》処《か》だのを構えるが、上野ほどの町ともなると、そういった大店出入りの者たち相手にそのまた商売をする者たちがさらに集まってくるものだった。『そのまた通り』の『そのまた長屋』というわけだ。

そして、ふたりが裏通りでも特に古くて小汚い三軒長屋の前を通りがかると、

「──てめえ、いいから受け取りやがれ！　この痩せぎすおたふくが！」

三軒並んだ真ん中の部屋から、突然の怒鳴り声。

最初に聞こえたのは男の声であったが、すぐさま続いて、

「――なに言ってんだい、この宿六《やどろく》のしょぼくれひょっとこ！　いきなりこんなもの持ってきて、だれがハイそうですかと受け取るもんかい！」

と、今度は女の声が響いた。どちらの声もやたらと大きい。

男の声は低くて、屋根をゆさゆさと揺さぶるかのよう。

女の声は甲高《かんだか》く、壁をびりびり震わすがごとく。

おんぼろ長屋であるから、このままでは声だけで本当に建物がばらばらに崩れてしまうかもしれぬ。

部屋の前には、幾人か近所の者たちが集まっていた。

「お前たち、これはなんの騒ぎだ？」

小野寺が訊《たず》ねると、一番手前にいた豆腐売りの棒手振《ぼてふ》りが返事をする。

「なあに、いつもの夫婦喧嘩《げんか》でさ」

「いつものであるのか？」

「へえ。ここに住んでるのは棒手振り仲間で、魚屋のハマジと女房のトメってぇ夫婦なんですが、これがマア、しょっちゅう喧嘩をしやがるんで。——今日は普段より特に大きな声で怒鳴ってたんで念のため様子を見に来やしたが、どっちにしたって、そこまで珍しいことじゃござァせん」

「なるほど」

だとすれば同心の出る幕ではあるまい。近所の者たちか長屋の大家、せいぜい番屋の仕事であろう。

小野寺が辰三と共に立ち去ろうとしたところ——。

「——こんな銭、あたしゃ殺されたって受け取らないよ！」

「——殺せと言いやがったか？　だったら望み通りにしてやろうじゃねえか！」

「——ああ言ったともさ！　さあ殺せ！　やあ殺せ！　できないってんなら、いっそあたしが……!!」

売り言葉に買い言葉ではあるのだろうが、さすがにこれは穏やかではない。

しかも、どうやら銭での揉めごとのようだ。金銭がからめば夫婦や親子で殺し合いになることも珍しくない。放っておくわけにはいかぬ。

「北町の小野寺である！　お前たち、なにを騒いでおるか！」

小野寺は中の夫婦に負けじと声を張り上げ、勢いよく障子戸を撥ね開ける。
すると次の瞬間――、

――がつんッ

額になにかがぶつかった。

茶碗《ちゃわん》である。女房トメが投げつけたものを夫ハマジが避《よ》け、ちょうど後ろにいた小野寺のでこに命中したのだ。

トメの力が思いのほか強かったのか、あるいは打ちどころが悪かったのか。一気に視界が暗くなる……。

小野寺は失神し、どさり、と真後ろに倒れてしまった。


目が覚めると、近くの自身番屋で寝かされていた。

額の右側がずきずき痛む。これは瘤《こぶ》になるかもしれぬ。

「……油断したか」

番太たちに目をやれば「ぷぷっ」と必死に笑いを堪《こら》えていた。

北町最強の同心〝しゅうとめ重吾〟が、町人女の投げた茶碗で倒されたのが可笑《おか》しかったのであろう。これには小野寺も汗顔の至り。ただただ赤面するばかりだ。

「旦那、平気ですかい？　まだ動かねえ方がいいですぜ」

声をかけてきた辰三は、着物のあちこちが泥で汚れている。

どうやら、このつるつる猪が番屋に運んでくれたと見える。着物に泥がついているのは、雨上がりの地べたに倒れた小野寺を抱え上げ、背負って運んだために違いない。さすが父の代からの小者だけあって頼りになった。

ただ問題は、彼の後ろに立つ男女だ。魚屋夫婦ハマジとトメ。

「おめえたち、小野寺の旦那にお詫《わ》びしな」

辰三にうながされ「申し訳ござァせん」と頭を下げたその面相は――、

（……そういえば、この者たち『痩せぎすおたふく』に『しょぼくれひょっとこ』と部屋で罵り合っていたな）

顔を伏せる前にちらりと一瞬見えただけだが、まさしく二人はそれであった。

女房トメは四十すぎ。体はひょろりと痩せているくせに、顔はぷくりと下膨れ。頬もだらりと垂れている。

一方で夫の魚屋ハマジはやや年下。三十半ばあたりであろうか。女房と同じく痩せ型であったが、ことに顔はうらなりのへちまのように細長く、口が突き出る形でひん曲がっていた。

この二人、たしかに『痩せぎすおたふく』と『しょぼくれひょっとこ』。他にあだ名をつけようがない。――いや、むしろ普通は相手を傷つけすぎてはよくないと、そこまで的を射た悪口は逆に言えぬものかもしれぬ。

「ハマジとトメよ、頭を上げよ。そこまで謝るには及ばん」

「へへえ」

ひょいと顔を上げると、不出来なおたふくとひょっとこが再び並ぶ。

小野寺は吹き出さぬよう唇を噛《か》んで必死に堪えた。この夫婦のせいで額は痛むが、それとこれとは話が別だ。

いかな理由があろうとも他人の顔を笑っていいという道理はない。そもそも笑われるべきは茶碗を喰《く》らった自分であろう。

「私のことなら気にかけるに及ばん。これは私の油断、私の恥だ。――それよりお前たち、なにゆえ喧嘩をしていたのだ？　茶でも飲みながら話してみよ」

「ははあ、ご寛容もったいなや……。喧嘩はこれのせいでしてございまして」

返事をしたのは、女房のトメの方。

瘦せぎすおたふくが『これ』と差し出したのは汚い巾着財布であった。紺地に千鳥の模様入りで、太った蛙《かえる》の根付《ねつけ》飾りが下がっている。

「中には小判で一両入っております」

「大金だな。それで、この財布がどうしたと？」

「それが、うちのハマジのやつ、外から帰ってくるなり、この財布と中身をあたくしにくれると言いやがるんです！　こいつで着物でもかんざしでも好きなものを買えと！　こんなの喧嘩になるに決まってるじゃありませんか」

「……？　要領を得んな？」

財布と金を取られて喧嘩になるならわかるが、くれて喧嘩になるとはどういうことか？

「だって、おかしいじゃありませんか。うちの宿六は怠け者で、近ごろは仕事も休んでばかり。おまけに酒を飲みやがるから我が家はいつもからっけつ。そんな甲斐性《かいしょう》なしが見覚えのない財布と小判を持ってきたんだから、さてはよからぬことに手を出したに違いない……と、思ったわけでございます。――もし人様のものを盗んだのなら、いっそこの人を殺して、あたくしも川に身を投げようと……」

「またも穏やかでないことを」

とはいえ立派な覚悟だ。町人の女房とは思えぬ。

小野寺は思わず感心したが——、

「てやんでえ！　亭主のことを甲斐性なしだのなんだのと好き放題言った末、しまいにゃ盗人《ぬすっと》扱いか⁉　この財布はよ、番屋からもらってきたモンなんだよ！　言っただろうが！」

今度は亭主のハマジが声を荒らげた。

このあたりで番屋といえば、まさに今いるこの自身番屋のことになる。——だが、番屋から財布をもらってきたとは？

「ハマジよ、どういうことだ？」

「聞いてくだせえ同心の旦那。今から半年前のことでございやす。十一月のまだ夜も明けやらぬ朝七つ(午前四時)。半年前といえば十一月で、その日は木枯らしピューピュー吹いてて、もうことさらに肌寒く、足元には霜柱まで立ってたほどでありやンした。そんな日の夜明け前のことですから、あっしは——」

「手短に申せ」

「へえ、魚市場へ仕入れに向かう途中、この財布を拾ったんでさ」

そういえば、このハマジは魚屋であった。だから早起きだったというわけか。

夜明け前に拾ったということは、だれかが夜中に落としたものであろう。

「ハマジよ、まさか猫糞《ねこばば》したのではあるまいな？」

「いやいや、そんなこたァしちゃおりやせん。というのも、あっしの女房のトメときたら、痩せぎすおたふくのくせして性根はまっすぐ。もし一両も盗んだとなりゃ、あのアマ、あっしを殺して自分も川にドボンとか言い出しかねねえ」

「かねねえというか、ついさっき言っていたな」

「だから、あっしは盗みなんざしねえんでさァ。——あっしも若ぇころはチョイとぐれてて喧嘩や博打《ばくち》に明け暮れておりやしたが、そんなあっしを立ち直らせてくれたのが幼なじみのトメでござんす。そんな女房がいるのに、どうして悪事に手をつけられやしょう」

「むむ、そうか……」

おかしなことだ。夫婦喧嘩の仲裁に来たというのに、なぜに惚気《のろけ》を聞かされねばならぬのか。

悪を許せぬ性分の小野寺であったが、今はこの魚屋がそこらの悪人以上に腹立たしい。

「では結局、この財布はなんなのだ？」

「へえ。拾ってすぐに番屋に届けやして。それから落とし主が名乗り出ねえまんま半年経《た》ったということで、あっしがいただけることになったんでさァ」

小野寺が番太たちへと目をやると、一同そろって「へえ、その通りで」と頷《うなず》いた。

財布は当時、ここの自身番屋の番太らに手続き通り町奉行所へと送られて、つい今朝がた『持ち主知れず』で番屋に戻ってきたという。――この話、小野寺は知らなかったが仕方あるまい。さすがに拾いものまでは縄張り内のことであろうと把握しきれぬものであった。

「なるほど、それでお前は受け取った小判を女房にやろうとしたわけか」

「へい……。恥ずかしながらトメには苦労をかけ通しでやして。これもなにかのおぼしめし。まるごと、くれてやろうと思った次第で」

「そうか。よかったなトメよ、お前の誤解も解けたであろう？」

これにて一件落着と、ひと息つこうとしたのだが――、

「いいえ同心の旦那さま、そんなこたァとっくに聞いてございます。誤解なんぞ、しちゃおりません」

痩せぎすおたふくは意外な返事。

「トメよ、どういうことだ？」

「盗んだのでも猫糞《ねこばば》したのでもないと知った上で、やはり受け取れないと断ったんでございます。——だって、そうでござンしょう？　このハマジ、若いころあたくしの顔を笑った隣町の若い衆と喧嘩をして半殺しの目に遭って以来、早起きすると今でも古傷が痛むんだそうでございます。そんな亭主が寒い冬の日に働きに出て、持ち主のいない大金を拾った……これは天からの賜りものに違いござンせん。そんな一両をどうしてあたくしが受け取れましょう？」

「夫婦そろって話が長いな」

「なのであたくしは、酒でも博打でも自分で好きに使いやがれと叩《たた》き返してやったのでございます。——わかったかい、この宿六ひょっとこ！　一両きっちり使いきるまで家には入れてやらねえからね！」

「なんだと、やかまし屋のおたふく女房が！　俺がくれてやるって言ったんだから、さっさと着物を買うなり芝居見物するなりしてきやがれ！」

「だからお前たち、なにゆえに喧嘩になるのだ⁉」

　あきれたものだ。

　わけがわからずにいる小野寺を挟んで、再びおたふくとひょっとこは罵り合う。

彼はふたりの間にて、まるで本物のしゅうとめのように諍《いさか》いを諫《いさ》めようとしたのだが……、

「このっ！　死にゃあがれ、宿六がぁ！」

——がつんッ

トメの投げつけた番茶入りの湯呑み茶碗が、またも額にぶち当たる。
さっきとまったく同じ箇所だ。
北町奉行所最強の剣士小野寺重吾は、本日二度目の失神をする……。

三

本当は、小野寺も自身番屋の番太たちも、ことを大きくする気など無かった。
このように馬鹿げた喧嘩、長屋や町内でどうにかするのが筋というもの。できれば内々で済ませたい。なのに——。

「ほほう小野寺、これが魚屋の女房につけられた二段瘤か。皆も集まれ！　このような滅多《めった》に見られぬぞ！」


暮れ六つ（午後六時）よりも少し前。北町奉行所、廻り方同心の詰め部屋にて。

与力の梶谷《かじや》は、二段になった瘤を見ながら、げらげらと笑っていた。

この男は廻り方を受け持つ与力で、北町奉行所の廻り方同心すべての上役である。悪い意味での役人気質なところはあったが、それなりに有能な人物でもあった。

本当なら、他人の瘤で大はしゃぎするような子供じみた男ではない。

（仕方あるまい……。梶谷様とは、いつぞやの一件もあるからな）

ただでさえ、そのしゅうとめぶりで煙たがられていたというのに『竹五郎河童』や『同心さらい』の一件では対立する立場にあったのだ。

それを抜きにしても、剣豪小野寺が茶碗を投げつけられて二度も昏倒《こんとう》せしめられたというのだから愉快がるのは当然のこと。

詰め部屋に居合わせた他の同心らも集まって、瘤を眺め、ときには指で突っつきながら、一同腹を抱えて転げ回っていた。

「――ははは、小野寺は年増《としま》女の投げるものには弱いらしい」

「――おお！　そういえば、ふた月前にもたづの石投げで頭に痣《あざ》をつけられておったな！」

「――これはいい。しゅうとめの弱点は古女房というわけか」

たしかに『竹五郎河童』のときも、植木屋の女房たづに傷を負わされた。

女難の相でも出ているのだろうか？　あるいは町人の中年女房のみが達しうる投擲《とうてき》の極意があるというのか。

ともあれ部屋が笑いで満ちる一方、笑われている小野寺当人はへの字口。

自分のことでむくれているわけではない。

ハマジとトメを気に病んでいるのだ。

あの魚屋夫婦、さすがに同心相手に二度も狼藉《ろうぜき》を働いたのでは内々のナアナアで済まされぬ。番屋から町奉行所に引き渡され、牢《ろう》に押し込められていた。

同じ牢屋に入れるとまた喧嘩をするので別々にされているという。

(私が茶碗を避《よ》けていれば余計な騒ぎにならずに済んだものを……)

二人に申し訳ないことをした。未熟というのは罪深い。

彼が己の弱さを悔いていると――、

「はは、小野寺よ、また頭に傷を作ったそうだな？」

襖《ふすま》を開けて現れたのは町奉行、牧野駿河守。

おなじみ〝どげざ奉行〟であった。

それまで小野寺の瘤にたかっていた与力の梶谷と廻り方同心一同は、ささっと引き潮のように下がって床にひれ伏す。

「やめよ。いちいち平伏するな、わずらわしい。それは奉行所《ここ》では儂《わし》だけがすればよいことだ。――ほれ、このようにな」

奉行はさっそく土下座する。

相手は小野寺。にこやかに細められていた両まぶたは、頭を下げる瞬間、かっ、と大きく見開かれた。挨拶でなく本気の土下座だ。

（なにゆえ、私に『ど』の字を……？）

その答えは、すぐにわかった。

「小野寺よ、この通り。決して腹など切らぬよう。儂は死を詫びの作法と認めぬぞ」

懇願の土下座であった。

実のところ、小野寺は腹を切ることも考えていた。武士の在り方について口うるさい〝しゅうとめ重吾〟であるのだから、恥より死を選ぶのが筋というもの。

しかし同心を切腹に至らしめたとなれば魚屋夫婦の罪はより重くなる。

二人を想えば、死を選ぶことなどできなかった。

「は……。お奉行、もったいなきお言葉。ですが心配御無用、切りませぬ。魚屋ハマジと女房トメ女のため、生き恥に耐える所存にございます」

「ならばよし。もし、だれかに『臆病で腹を切らなかった』と嘲られたら、儂に土下座で止められたと言え。相手も少しは静かになろう。——皆も笑ったりせぬように。儂の土下座が相手になるぞ」

懇願土下座は〝黙らせ土下座〟でもあった。廻り方一同の口元からは、薄ら笑いが一斉に消える。

「うむ。皆、わかってくれたようだな。——それでは、あとは魚屋夫婦の処遇であるか。小野寺よ、瘤を作られた身としては件《くだん》の二人をどうしたい？」

「はっ。どうか御温情あるお裁きを。あの二人、悪い者めらではございませぬ」

「よかろう。お主がそう申すならば異存はない。——ちょうど明日の午後が空いておる。儂が自らお白州で、一発かましてやろうではないか」

あまり聞きなれぬ言い回しだが、つまりは『土下座をかます』ということらしい。

小野寺は心の底から安堵《あんど》した。ハマジとトメは重罪とならずに済みそうだ。奉行の『ど』の字については小野寺は今ひとつ釈然とせぬ想いはあったが、その凄《すさ》まじき威力についてはだれよりも理解していた。ある意味、信頼と言ってもよい。この〝どげざ奉行〟が頭を下げれば、すべては丸くおさまるはずなのだ。

（こたびの一件など、特に『ど』の字で解決しやすいものであろう。ハマジもトメも根は善良な者たちゆえ、頭を下げられてはなにも言い返せぬはずだ）

感謝で「ははあ」と頭を下げると、

「だから、やめよ。それは儂のすることだ」

と、奉行に咎《とが》められた。

叱られ方に得心はいかぬが、やはりなにやら頼もしい。

四

やがて暮れ六つの鐘も鳴る。小野寺は奉行所の表で待っていた辰三を連れ、屋敷へ帰ることにした。

額の瘤には軟膏《なんこう》を塗り、晒《さら》し布を巻いてある。布越しに額に触れると、ずきり、という疼《うず》きが走った。

ただ、痛みはあるものの、骨より奥まで届くような傷ではあるまい。この程度、剣術の稽古をしていれば珍しくもなかった。

(やはり手当は大げさだったか)

夕焼け空の下、家路を急ぐ町人たちとすれ違うたび、晒し布の下の瘤を笑われているように思えて仕方ない。

腰に十手を挿《さ》したままであったから『あの同心、泥棒にでも殴られたか?』『いやいや魚屋の女房に茶碗を投げつけられたに違ぇねぇ』と陰で囁《ささや》かれているようでもあった。——無論、考えすぎであろう。そのくらい自分でもわかっている。

「しかし旦那、明日のお裁きは楽しみでやすな」

歩きながら、辰三の猪顔がにやりと唇を吊《つ》り上げる。これでも本人としては無邪気な笑みのつもりらしい。

「楽しみとはなんだ?」

「そりゃ、お奉行さまがハマジとトメをどうするかでさぁ。こたびの騒動、まるで寄《よ》席《せ》の講談『三方一両損』じゃありやせんか」

「また大岡越前様か」

飽き飽きだ。この猪に限らず、町人たちはやたら牧野駿河を大岡越前に喩《たと》えたがる。過大な評価というものだろう。

とはいえ今回はたしかに似ているかもしれない。言われてみれば、あの講談だ。

（昔、一度聞いただけなのでうろ覚えだが――）

ときは享保《きょうほう》、八代将軍徳川吉宗《よしむね》公が御代《みよ》というから、つまりは百年以上も前になる。

ある日のこと、職人の男が道端で三両入った財布を拾った。すぐに持ち主はわかったが、相手は気が短くて意地っ張りの江戸っ子だ。『一度落とした金なぞ恰好《かっこう》悪くて受け取れねぇ』などと言い出した。

だが拾った男も同じく江戸っ子。どうしても返すと言って聞かない。互いに『おめえのモンだから黙って受け取れ』と大金を押しつけ合って大喧嘩となる。

この喧嘩の仲裁をしたのが、かの名奉行大岡越前守。

越前守は二人の欲のなさに感心し、褒美として懐《ふところ》から一両取り出す。そして、もとの三両に足して四両とし、落とし主と拾い主にそれぞれ二両ずつ分け与えた。

二人も『褒美でいただけるのでしたら』と素直に受け取り、おかげで――、

拾い主は三両貰《もら》えるはずが二両だけなので一両損。

落とし主は三両持っていたのに二両になって一両損。

裁いた越前守は一両与えて一両損。

——これにて三方一両損。すべては丸く収まるのであった。

(作り話であろうが、よくできた話ではあるな)

よくできた話であるがゆえ、寄席にかけられてすぐに大流行《はや》り。

ただ困ったことに、真似《まね》をして町奉行所から一両せしめようとする不届き者が立て続けに現れたという。

きりがないため千代田のお城から町奉行所に『一両与えて三方一両損にすること相ならん』とお達しが出たのは有名な話であった。——たしか小野寺が寄席で聞いた際にも、枕話で『今では禁じられておりますが』と前置きをしていたはずだ。

「お奉行さまは明日のお白州、どうお裁きになるおつもりでやすかねぇ？　一両払うのは駄目なのでやしょう？」

「そうだな、想像すらつかん」

だが、一つだけ確信していることがある。

どう裁くはわからぬものの、なにで裁くかは決まっていた。

すなわち土下座。

〝どげざ奉行〟牧野駿河が裁く以上、『ど』の字で裁くに決まっているのだ。

――気がつけば同心屋敷のある八丁堀《はっちょうぼり》まであと二、三町。

空はそろそろ薄暗い。赤く焼けているのは西の果てのみ。東の側は葬式のように黒くなり、半欠けの月が青白く浮かぶ。

つまりは黄昏《たそがれ》。逢魔《おうま》が刻《とき》。

昼と夜との狭間《はざま》の刻だ。烏《からす》の声と蝙蝠《こうもり》の羽ばたき、両方が混ざって聞こえる。そんな中……。

「――む？　だれか居るな？」

「へえ、そのようでやすな」

人影があった。十間《けん》ほど先の道端に。

女の影だ。

若い女のものらしい。

こんな時間というのに、歩き疲れて休んでいたのか、それとも雨続きの季節には珍しい月を眺めていたのか。影はなにもせずにただ立っていた。

小野寺は、なぜか女が気になった。――同心の勘というやつだ。ろくに理由もなく目を奪われる。

辰三も、猪面の奥まった両目を女の影へと向けていた。同じく小者の勘が働いたのであろう。

「声をかけるか」

「へえ、そうしやしょう」

近づくと女の姿がよく見えてくる。

年のころは十七、八。まだ女というより娘の歳《とし》だ。

器量はよく、今日は一日、辰三だのハマジだのトメだのと不器量な顔ばかりを見ていたこともあり、ことさら見目麗《みめうるわ》しく感じられた。

ただ一方で、身なりからして、いかにも一癖ある女に見える。前髪こそは挿櫛《さしぐし》で上げてあったが、後ろ側で髷《まげ》は作らず、黒髪を無造作に垂らした下げ髪姿。――湯上りなのかと思ったものの、どうやら髪は濡《ぬ》れてはいない。風でふわりと揺れている。

着物は、とっくに季節はずれの桜柄。裾を膝まで大きくはしょり、白い脛《すね》と真っ赤な襦袢《じゆばん》を見せつけていた。

（この娘、堅気《かたぎ》でないな。まともな町娘のする恰好ではない）

夜鷹《よたか》の類《たぐい》か？　いや、それにしては美しすぎる。――月に照らされるその貌《かお》は、道で客を取るような安い女にとても思えぬ。

かといって店の女にはなおさら見えぬ。女郎屋の女にしては面構えが生き生きとしすぎていた。

「そこの桜柄、なにをしている？」

小野寺は、腰の十手を見せつけながら声をかける。

「もう暗い。急いで家に帰るがいい。我らが送ってやっても構わんぞ」

だが桜柄の娘は、十手持ちの前であるにもかかわらず――、

「へへッ、家なんざねえよ」

蓮《はす》っ葉《ぱ》とは、このような娘を言うのであろう。紅を差していないのに鮮やかな赤さの唇が、小生意気な笑みを浮かべていた。

長いまつ毛のまなざしも、怖いものなしの不敵そのもの。

「無いということはあるまい。もし本当に宿無しというなら、番屋に引っ張っていかねばならん」

「ハ！　堅《かて》ぇこと言うなって。アンタ、さては〝しゅうとめ重吾〟だな？」

「……？　なぜわかる？」

「ははッ、真面《まじ》でそうだった。有名だぜ、北町に頭が堅くて口うるせぇ同心がいるってさァ。――それに、こいつさ。聞いてるよ」

娘は白魚のような指で、すうっと自分の額あたりを横に撫《な》でた。小野寺が頭に巻い

た晒し布を指しているらしい。

(布?　この娘、まさか布の理由を知っているのではあるまいな?)

頭の瘤と、そして瘤ができたわけを……。

思わず小野寺は指先で、すっ、と布ごしの額を撫でる。奇《く》しくも娘がしたのと同じ仕草だ。

注意が頭の瘤へと逸《そ》れた、そんな刹那《せつな》の隙を突き――。

「じゃあな、しゅうとめ殿」

桜柄の娘は、裏路地へと消えていた。

薄闇の中に吸い込まれ、すぐに姿は見あたらなくなる。

「旦那、探しやすか?」

辰三の申し出に、小野寺は首を横に振る。

「いいや、そこまでする理由もあるまい。――だが、あの娘、ただ者ではないな」

「へえ。狐《きつね》か狸《たぬき》に化かされたのかもしれやせん」

だとすれば、おそらく狸の方であろう。狐にしては愛嬌《あいきょう》があった。

桜柄の蓮っ葉狸だ。

五

その後、二町も歩くと八丁堀の自分の屋敷。

門の前には、妹の八重が手燭《てしょく》片手に立っていた。

「兄上、よくぞお帰りで！」

この妹は十八歳。奇しくも先ほど出会った蓮っ葉狸と似た年ごろだ。

両親を早くに亡くした小野寺にとっては唯一の身内となる。――その八重が血の気の引いた真っ青な顔で、兄の姿を見るや駆け寄ってきたのだ。

「どうした？　戸締りもせず、こんなところに突っ立って」

「どうした、ではございません。心配で待っていたのです。あとになってから傷が痛んで、どこかで倒れてはいないかと」

八重は手燭の灯《あか》りを近づけ、小野寺の額のあたりを照らす。

どうやら話しぶりからして瘤の一件を知っていたらしい。晒し布が火で焦げそうだ。

「頭の件、いったいどこから聞いたのだ？」

別の同心が親切で、あるいは、からかうつもりで教えたのか？

いずれにせよ、いったいだれが？

痛む頭で考えを巡らせるが――、

「暮れごろ、近くを通った豆腐売りです。ちょうど倒れるところに居合わせたとかで、わたくしが身内と知らぬまま様子を話してくれました」

「あのときの棒手振りか！」

意外な出所であった。ハマジとトメの長屋で声をかけた野次馬の豆腐売りだ。どうやら商売のついでに、見たことを町で言いふらしていたらしい。

（ということは、すでにあちこちに知られているかもしれぬのか……。さっきの桜柄の蓮っ葉狸も、豆腐屋か又聞きの噂《うわさ》で知ったのだな）

だから瘤隠しの晒し布で〝しゅうとめ重吾〟だと察したのだ。狸娘の不敵な笑みを思い出すと、今さらながらに恥ずかしい。

いずれにせよ、目の前にいる妹の八重も『額の怪我《けが》は魚屋の女房のせい』と聞かされていたはず。それなのに――、

「さ、兄上、早く中へ。軟膏と寝床を用意しております」

信じられぬほどの気遣いであった。

いつもの八重なら『油断なさるからいけないのです』と叱るくらいはしていたろう

に。

「気にするな。騒ぐほどの傷ではない」

「いいえ頭の怪我です。甘く見てはなりません」

妹は兄の手を引《ひ》っ摑《つか》み、屋敷の中へと引っ張っていった。


ふた月前から、朝餉《あさげ》と夕餉は四人で食べる。

すなわち小野寺と八重、辰三、そして辰三の養女おすゞの四名でだ。——両親が没して以来、長らく兄妹のみでの膳が身に染みついていたが、こうして賑《にぎ》やかに食事するのも悪くはなかった。

今日の夕餉は、鯵《あじ》の酢油《すあぶら》あえ。

鯵は今が旬であるため脂が乗って値も安い。身を薄く切り、生のまま細切りの葱《ねぎ》といっしょに酢と油、塩を混ぜたもので和《あ》えると、じめじめした季節にちょうどいい爽やかな味となる。

前にも一度食べたが、これは飯にも酒にも合った。

作ったのはまだ十歳のおすゞである。昼間は小野寺の屋敷で預かり、家事の手伝いをしてもらっていた。かつて商家で下女として仕込まれていたため、たいていのことは八重より上手《うま》く、ことに料理は絶品だ。

おかげで近ごろ小野寺は、帰って飯を食うのが楽しみであったのだが……。

「兄旦那さまは、こちらをどうぞ」

「うむ、粥《かゆ》か……」

おすゞは小さな両の手のひらで、薄めの粥がつがれた椀《わん》を差し出す。

添えてあるのは種を除いた梅干しと、たくあんを細かく刻んだもの。塩気を減らすため、わざわざ水でゆすいであるという。

それと冷ました煮豆腐ひと切れ。例の棒手振りから買ったのであろう。

「食べ終わったら、すぐお寝床へ。それともお寝床にお膳を運びましょうか？」

「いいや、ここでいい。皆と食べる」

すっかり病人扱いだ。

「おすゞよ、私も鯵を食べたいのだが」

「駄目です。八重さまが悲しみます。兄旦那さまがお怪我と聞いて、八重さまがどれほど心配したか」

「う、うむ、わかっている……。皆で私の分も食べてくれ」

おすゞの横では八重がウンウンと頷いていた。

この調子では『酒も飲みたい』などと口にしたものなら、女ふたりになにを言われるかわかったものではない。

（……相変わらず、この屋敷では女の方が強くて口うるさい）

外では〝しゅうとめ重吾〟の彼だが、家では八重とおすゞのこじゅうと二人にずっと頭が上がらなかった。

助けを求めようと辰三へ目をやると、この薄情猪め、しらじらしく目を逸らす。おすゞに逆らって嫌われたくないのだろう。やはり、この家では男は弱い。

（困ったものだ……）とはいえ、心配されること自体は悪い気はせんな）

よくよく考えてみれば、今日はずっと笑いものにされるばかりで、まともに心配されたのは屋敷が初めてかもしれぬ。気にかけてもらっておいて不平を言うのは、さすがに贅沢《ぜいたく》というものであろう。

小野寺は粥と豆腐を食い終えると、額に軟膏を塗り、さっさと寝床に入ることにした。

本当は、ふた月前の『互い土下座』を言いふらした件で八重を叱る気だったのだが、こう優しくされてはそうもいくまい。

六

さて翌朝。空は晴れ。

少々蒸すが、昨日の午後から好天続きだ。本当に奉行の土下座が雲を斬り裂いたのかもしれぬ。

瘤の腫《は》れが引いていないため、小野寺は晒し布を巻き直してから屋敷を出る。

辰三を連れて奉行所へと出仕すると、門や壁のまわりに何十名もの人だかりができていた。

「なんだ、この者らは？」

「へえ、野次馬のようでやすな」

野次馬なのは見ればわかる。

だが、多すぎる。いくら天気がよいといっても、なにゆえ朝からこれほど集まっているのか。

「あの瓦版のせいでやしょう」

「朝売りか」

人だかりのうち三人にひとりは、朝売りの瓦版を手にしていた。

販元はいくつかあるようだが、見出しの文は皆同じ。

『――するがの守、三方一両をいかにさばかん』

近くにいた者から一枚取り上げて読んでみた。

ハマジとトメの一件だ。

昨日のうちに奉行所のだれかが聞屋《ぶんや》（瓦版のために噂話を集める商売）に漏らしたのであろう。

この手の朝売りの瓦版というものは、早起きの商売人たちが話の種にするために買うものである。――魚屋夫婦の一両騒動は、すでに行商人や朝飯の屋台を通じ、江戸中に知れ渡っていたに違いない。

（たしかに気になるお裁きではあろうが……）

もし自分が廻り方同心でなくそこいらの町人であったなら、やはり見物に来ていたかもしれぬ。

かの三方一両損を〝どげざ奉行〟はどう裁くのか？

ある意味、大岡越前と牧野駿河の大勝負だ。そのような大裁き、物見高い江戸の者たちが気にならぬわけがない。

町人たちは門から中を覗《のぞ》こうとしたり、壁際で耳をそばだてたりしては、門番や同心らに怒鳴られ追い散らされていた。ハマジたちの裁きは午後からであるというのに朝一番から気が早い。

ちなみに野次馬たちのうち幾人かは小野寺を見て、

「――オイ、あいつが例の」

「――頭に布を巻いてるからな。瘤隠しだろう」

「――アア、ちゃわんの同心だな」


などと、ひそひそ囁いていた。

こちらも瓦版のせいだ。文面をよく読めば後半あたりで、

『仲裁に入った同心〝しゅうとめ重吾〟は河童退治で知られた剣豪であったが、女房トメの茶碗投げにて返り討ちに――』

などと昨日の恥が晒されている。このままでは、あだ名が〝ちゃわん重吾〟に変わ

ってしまうかもしれない。

「旦那、どうしやす？　あいつら、しょっぴいてやりやしょうか？」

「いいや、捨ておけ」

この程度の悪口、〝しゅうとめ重吾〟は慣れていた。

それより、けしからんのは別の者。——瓦版の隅に『じもく』と文を記した者の署名があった。知った名だ。近々会ったら、とっちめてやらねばなるまい。

苦々しげな顔をしていると野次馬に交じって、見覚えのある女を見つけた。埃《ほこり》っぽい綿入れ半纏《ばんてん》を羽織った若い女だ。

件《くだん》のじもくである。目が合うや女は「あっ」と慌てて人ごみの中へと消えていく。

さすがは江戸随一の裏聞屋。逃げ足が早い。

（あの埃女め……。昨夕の蓮っ葉狸といい、妙な女とばかり縁がある）

いずれにせよ、この調子では表を歩くのは無理だろう。行く先々で指をさされることになる。

今日の見廻りは辰三に任せ、小野寺自身は奉行所内で机仕事をすることにした。

人だかりの間を抜けて奉行所の門を内側へとくぐりながら、改めて小野寺重吾は思い知る。

〝どげざ奉行〟が、どれほど庶民に好かれているかを。

基本的には『土下座ですべてを解決しようとするお奉行』という物珍しさのためではあろうが、同時に『お奉行の土下座ならばすべてを解決できるはず』という頼もしさに裏付けられたものでもあったのだろう。

北町奉行牧野駿河守が土下座をすれば、あらゆる物ごとは上手くいく。――だれもがそのように信じていた。

町人たちだけでなく奉行所の与力や同心も。

無論、いつも眉をひそめる小野寺自身も。

それは疑う余地もない。ある意味、前提とすら言えた。

――しかし、ちょうど同時刻。千代田のお城の廊下では、その『ど』の字の大前提が覆されようとしていたのだ。

無論、神ならぬ身の小野寺には、知るよしすらもなかったが……。

七

町奉行というものは、常に奉行所にいるわけではない。
二、三日に一度、午前のうちに千代田のお城へと顔を出し、幕府他役のお歴々と評議、あるいは上申、下知《げじ》といったやり取りをする。――形式上は毎日登城する決まりであるが、職務に差し支えが出るため今の頻度になったという。
北町奉行の牧野駿河守成綱は、土下座に関して以外はさほど勤勉な男ではない。一、二日おきで助かった。

その日、牧野駿河がいつもの寝ぼけたえびす様のような顔で、控え部屋前の中之口廊下を歩いていると――、

「――もし、牧野駿河守殿」

二人連れの侍に声をかけられた。見たところ、片や四十代も後半、片や三十ちょうどかそこいら。

見知らぬ者たちではあったが、千代田の城内に居るのだから旗本以上の家格であるのは間違いない。いずれもきちんと仕立てた裃姿だ。

「はて、いずれの御仁であられましたかな？」

この問いに、二人は大急ぎの早口で答えた。

「ご無礼お許しを。拙者、ゆえあって名乗れませぬが、仮に鷹羽四郎五郎《たかのはしろごろう》と申しましょう。さるお方の使いにございます」

「同じく、仮に沢瀉於菟五郎《おもだかおとごろう》。別のお方の使いにござる」

二人が慌てて返事をしたのは、駿河守が早くも土下座をし始めていたためであった。すでに膝は折れ曲がり、手のひらも真下に向けられ、頭は半分下げられている。

当然である。自らは偽名で、だれの使者なのかも名乗れぬという怪しげな男たちを前にして、この牧野駿河がなぜ土下座をせずにいられよう？

――とはいえ、もし駿河が本気であったなら、男たちが声を発する隙すら与えず、とっくに廊下の床に伏していたはず。あえて手加減をしたのであろう。

二人のうち鷹羽四郎五郎と名乗った年上の侍は、「こちらを」と手にした文《ふみ》をうやうやしく差し出した。

「はてさて、いきなり文など渡されても困りますな」

また頭を下げようとする駿河守を、今度は若い沢瀉於菟五郎が急いで制する。

「ですが、今すぐお読みいただかねば困ります。――これは、さるお方よりの下知でございますがゆえ」

「ほう、下知と？」

「左様。駿河守殿は近ごろ世間で〝どげざ奉行〟などと呼ばれておられるとか。本日も『世に言う三方一両損にいかなる土下座で対抗するか』と物見の町人どもが集まっていると聞き及んでおります。衆目の中で町奉行が頭を下げるなど、ご公儀の権威を損ねるものでありましょう。許されませぬ。なので我らを遣わしたお方がたは……」

「お二人、話が長《なご》うございますぞ」

牧野駿河の膝と手はすでに床にべったり突かれ、もはや額も床に触れる寸前。偽名の使者は、駆け込みの大急ぎで声を上げる——。

「牧野駿河守殿に、土下座の禁止を申し渡すとのことでございます！」

額は残り半寸にて下げ止まった。

「なんと、土下座禁《どげき》止《ん》と？」

上げた顔にはこの奉行にしては珍しく、ほんのわずかに焦りが見えた。

〝どげざ奉行〟牧野駿河守成綱、就任以来最大の危機が今始まる……。

幕間の壱

千代田のお城には、将軍家慶公以外にも二人の大権力者が存在した。

片や〝大御所老〟こと水野越前守忠邦《みずのえちぜんのかみただくに》。

もと老中であり、世にいう天保《てんぽう》の改革の立役者。一度は失脚しながらも再び権力の中枢に返り咲いた人物である。現在は形式上、病で職を辞したことになってはいるが、今なお院政まがいの形で幕政の実権を握り続けていた。――家紋は沢瀉。

片や〝新進気鋭〟阿部伊勢守正弘《あべいせのかみまさひろ》。

現役の老中で、弱冠二十七歳で幕府官僚機構の頂点に立った風雲児。水野の倹約政策で疲れ切った世に新風を吹かせてくれると期待されている。――家紋は鷹羽。

ふたりは思想も政策も相容《あいい》れず、それぞれ城内に派閥を作り、互いに蛇蝎《だかつ》のごとく忌み嫌い合っていたのだが……。

「──駿河守め、冷や汗をかいておりました」

「──ええ、必死に取り繕っておりました」

城内〝松風の間〟は、主に幕府高官が密談するのに使う部屋。

偽名の使者、沢瀉於菟五郎と鷹羽四郎五郎、両名よりの報《しら》せを聞いて、彼らを遣わした者たちは、

「ほほう、そうか」

「うむ」

と、ふたりそろって満足そうに頷いた。

水野越前守忠邦と阿部伊勢守正弘である。

いずれも口元こそ笑っていたが目は違う。細めた瞼《まぶた》の奥には氷の刃《やいば》がごとき光。人の上に立つ者のみが発する冷酷な眼光を放っていた。

「駿河の土下座、さすがに目障りであるからのう」

「左様ですな」

いがみ合う二人の手を結ばせたのは牧野駿河の土下座であった。

強すぎる武器を利用するより、封じることを選んだのだ。

弐「三方一どげ損（後編）」

一

北町奉行所にて。

小野寺重吾が奉行の部屋を訪れたのは、正午の鐘から少しすぎ。牧野駿河守が千代田のお城から戻って四半刻ほど経ったくらいのこととなる。

「お奉行、小野寺でございます」

「……うむ。入るがいい」

見れば奉行は腕を組み、むすりと真剣な面持ちであった。

なにやら思索しているようであったが、もしかすると怒っていたのかもしれぬ。

いずれにしても珍しい。〝どげざ駿河〟のこのような顔、初めて見た。

（なんと、お城でなにかあったのか？）

この駿河守は、奉行所内ではよく『寝ぼけたえびす様』や『日向《ひなた》ぼっこ中の猫』に喩えられる。ぼんやりとはしているが、いかにも温和そうな人相で、滅多に笑みを絶やさない。

もしも土下座をせぬのであれば〝ほほえみ駿河〟あるいは〝寝ぼけ駿河〟とでも呼ばれていたことであろう。

そんな奉行が、このような顔をするとは……。

気にはなったが、まず小野寺としては部屋に来た用事を済まさねばならぬ。

「本日のお白州では、お奉行のお手をわずらわしてしまい申し訳ございませぬ。この小野寺重吾、汗顔の至り」

謝罪である。この後に予定されているハマジとトメの裁きについてだ。

本来、夫婦喧嘩の仲裁など町奉行が直々《じきじき》に扱うような事案ではない。自分が茶碗昏倒さえしなければ大きな騒ぎにはならなかったはず。

小野寺は、奉行の仕事を増やしてしまったことを詫びるべく、畳に手を突き、深々と頭を下げた。ほぼ土下座に近い体勢だ。

（いつものようにお奉行は『それをしていいのは儂だけだ』とおっしゃられるであろ

う。さりとて形式上、こちらが詫びぬわけにもいくまい……）

しかし彼の辞儀を目の前にした牧野駿河は、意外にも――、

「……うむ、そうであるな」

ぽそり、と目も合わせぬまま気の乗らぬ返事をするのみであった。

語調だけなら、くだらぬ手間を増やした小野寺に対して苛立《いらだ》ちを示していたかのようでもある。しかし、そういうわけではないようだ。――それが証拠に、駿河守は己が口にした返事に気づき、

「あ……いや、今のは間違いである。苦しゅうない」

と慌てて言い直す。

単に上の空であったというだけらしい。

（やはり今日のお奉行はなにかがおかしい……。お城でなにかあったというのか？）

同心の不安が伝わったのか、奉行は普段の寝ぼけえびすに戻り、ばつが悪そうに頭を掻《か》いた。

「ふふ、すまぬな……。実は少々、厄介なことになっておってな」

「厄介、でございますか？」

「そうだ。儂の危機と言ってもよい」

（……つまり、千代田のお城でなにかあったのだな）

今度は小野寺の面持ちががらりと変わる。

〝しゅうとめ重吾〟こと小野寺重吾は、奉行の土下座しすぎについて、未《いま》だ納得はしていない。

とはいえ一方で、牧野駿河守が立派な町奉行であることを奉行所のだれよりもはっきり認めてもいた。――そのように思っていることを他人に気取《けど》られたくはないが、小者の辰三同様、講談の大岡越前に匹敵する名奉行だと信じている。

おまけに、すでに何度も命を救われていた。返し切れぬ恩がある。

牧野駿河の危機というのなら、小野寺は命くらいは捧《ささ》げるつもりだ。

「お奉行、よければお聞かせくださいませ」

「うむ、実はな――」

たとえば刺客に狙われているのなら、死すらも怖《おそ》れず守り抜こう。

そんな命懸けの決意と共に訊ねたのだが……。

「どげきんを言い渡されたのだ」

「はあっ？」

おそらく『土下座禁止』のことであろう。略称が必要なほど多用される言葉とは思えぬが、すぐになんの略だか理解できてしまった。小野寺は自分が悔しい。牧野駿河が来て以来、土下座が身近なものになりすぎていた。

「土下座が禁止とは、なにゆえ……。いえ、それよりどなたが？」

なにゆえ、は聞かずともよい。あまりに理由が明白すぎる。

土下座だからだ。町奉行という幕府の要職に就く者が、軽々しく土下座などすべきではない。むしろ今までよく野放しにされていたものだ。

気になるのは、だれに禁じられたかであった。

「〝大御所老〟さまと現ご老中さまよ」

水野越前守忠邦と阿部伊勢守正弘。

奉行はお城での出来事を小野寺に語る。受け取った文に署名は無いが、使者の偽名からして千代田の二大権力者であるのは間違いなかろう。

「直《じか》に顔を合わせておれば土下座でなんとかできたであろうが、敵もさるもの。文で命ぜられてはどうにもならん。──廊下の床板に両手両膝を突き、額もあと半寸というところで、土下座を封じられてしまったのだ」

「左様でございましたか」

両手両膝を突き、あと半寸で床に着くほど頭を下げていたというなら、それはもはや土下座では？　――小野寺は疑問に感じたが、口にするのはやめておいた。〃どげざ奉行〃がそう言うならば、きっとそういうものなのであろう。

　それよりも問題は……。

「しかし、そうなると……もうじき始まる魚屋ハマジと女房トメのお裁き、いかがいたしたものでしょう？」

「うむ……。土下座抜きでせねばなるまい」

「なんと、『ど』の字抜きでとは⁉」

　なんと、と驚いてはみたものの、よくよく考えてみればおかしな話だ。小野寺は己《おの》が言葉の間違いに気づき、小さく左右にかぶりを振った。

　そちらが普通だ。土下座ありの方がおかしい。

　古今東西、町奉行が白州で行う裁きは土下座抜きでするものなのだ。

（しかし、こたびのように江戸中の注目を集めるお白州で『ど』の字抜きとは……）

　この奉行、こそ泥程度の簡単な一件であればいざ知らず、少しでも難しい裁きは常に土下座で解決してきた。他の手段を用いているところなど一度たりとも見たことがない。

　そのような人物に、果たして土下座抜きでハマジとトメを裁くことができるのか？

「お奉行、平気であられますか？」

「ふふふ。さて、どうであろうな」

強がって笑っていたが、きっと少しも平気であるまい。だからこそ、さっきは難しい顔で悩んでいたのだ。

「まあ、どうにかなるであろう。――さて、そろそろ仕度をせねば。小野寺よ、お主も持ち場に戻れ」

奉行は手元に置かれた茶を飲み干したのち立ち上がる。

小野寺も「ははあ」と部屋から下がるが、その際、背後で、

「やむをえぬか。こたびのみ儂は〝どげざ奉行〟でなく……」

と、ひとりごちる声が聞こえた。

後半はよく聞こえなかったが、なにやら思惑があるらしい。

二

もうじき昼の八つ(午後二時)となる。

そろそろハマジとトメの裁きが始まる。――奉行所を囲む人だかりは朝よりも増え、

今では百人以上も集まっていた。

町人たちのにぎやかな声は絶えず、塀を乗り越え中を覗こうとするお調子者も数知れない。番人は始終怒鳴り声を上げっぱなしだ。

小野寺も怪我をさせられた身ゆえ、裁きに同席することとなっていた。彼が白州へと向かう途中――、

「小野寺よ、私も立ち会うことになったぞ」

与力の梶谷に声をかけられる。廻り方を受け持つ与力は、普段なら裁きに立ち会う必要はない。

さては小野寺の上役ゆえに呼ばれたのかと思い、

「申し訳ございませぬ。私のせいで梶谷様のお仕事を増やしてしまいましたか」

と頭を下げる。しかし実際は違っていた。

「いいや、自ら申し出たのだ。町で評判の一件であるからな。その場におれば、しばらく自慢の種になろう」

「それは……。あまり感心いたせませせぬな」

「しゅうとめよ、堅いことを言うな。すべてはお前のおかげだ。お前の瘤でこたびのお裁きが開かれた。お奉行がどのように『ど』の字をしたかを私が酒の席で話せば、

皆も楽しめるというものよ」

「そうでございますか」

あきれたものだ。この梶谷は、奉行のことも小野寺のことも嫌っていたはず。

特に奉行については、

『――町では評判がよいようだが、まあ、土下座をしてまで町人どもに媚《こ》びを売っているのだからな。好かれていても当たり前というもの』

などと陰口を叩いているのも知っていた。なのに酒の席での話の種にするためだけに見物しようとは。表の野次馬たちと変わらないではないか。

しかし、それ以上にあきれるのは梶谷の気分の緩みっぷりだ。

(これほど衆目を集めるお裁きなのだ。もっと張りつめて然《しか》るべきであろうに)

もし町人たちの納得いかぬ裁定が下れば、下手をすると暴動になりかねぬ。そこまでいかずとも奉行や奉行所の評判は地に落ちよう。

(やはり梶谷様も、お奉行の『ど』の字があればすべて上手くいくと思っておいでなのだな……。嫌いながらも、ある意味、信を置かれておられるのだ)

梶谷だけではない。すれ違う他の与力、同心らも皆同じ。面持ちに緊張が感じられない。〝どげざ奉行〟ならば見事裁いてくれると疑っておらぬのだ。

だが、皆は知らない。

〝どげざ奉行〟牧野駿河守の土下座が、封じられているという事実を。

今回の裁き、梶谷が陰口でいうところの『土下座をしてまで町人どもに媚びを売って』は、できぬのだ。


白州へ行くと、奉行の牧野駿河守はまだ来ておらぬが、すでにハマジとトメは白砂利の上に敷かれた筵《むしろ》で正座していた。

一応罪人扱いということで腰を縄で繋《つな》がれて、後ろでは番人二人が六尺棒を手に見張っている。

心なしか魚屋夫婦も番人も、梶谷と同じく緩んだ面持ちのように思えた。

特にハマジら夫婦はそうだ。初めて白州で裁きにかけられる者というのは、もっと怯《おび》えた顔をするものである。

思い起こせば、この夫婦だけではない。近ごろは白州に連れてこられた他の者たちも、どこか緊張の足らぬところがあった。

（……これは、よくないことかもしれぬな）

北町奉行所と江戸の治安すべてに関わる大問題である。

やはり〝どげざ奉行〟の名が広まりすぎたためであろう。――牧野駿河守ならば土下座ですべてを丸くおさめてくれる。少なくとも乱暴なことをしたり、厳しく叱りつけたりはしないはず。

そんな信頼、安心が、裁かれる側の心を弛緩《しかん》させていたのだ。

(町奉行所は、罪人にとって怖ろしき場所であるべきだろうに……。大恩ある牧野駿河守様ではあるが、あのお方の『ど』の字は世のためにならぬのかもしれぬ)

ちょうど、そのとき昼八つ。刻を告げる鐘が鳴る。

八つ目のごーんが鳴り終えると共に、

「――北町奉行牧野駿河守様、御出座ァ」


詮議方同心の声と共に、牧野駿河が姿を現す。

――寝ぼけえびすのはずの顔は、寝起きの仁王がごとく憤怒《ふんぬ》していた。

三

「魚屋ハマジと妻トメ女よ、話は聞いた。くだらぬ喧嘩で、儂が上様より預かる同心に手傷を負わせたそうであるな？」

「へ……へい、申し訳ありやせん……」

「小野寺さまには悪いことをいたしました……」

奉行に睨《にら》まれ、ハマジとトメは震え上がる。二人とも声に出しこそせぬものの、

『話が違う』

と顔面いっぱいで周囲に訴えかけていた。

気持ちはわかる。

牧野駿河守といえば寝ぼけえびすか昼寝猫。土下座を抜きにしても気性は穏やかで顔つきは優しげ。人を怒鳴ったりはせぬとの評判であった。

――なのに、このような不機嫌顔で現れるとは。

想像だにしていなかったはずだ。

ただ、予想外の出来事に驚いていたのは与力や同心たちも同じこと。一同の顔に露

骨な狼狽《ろうばい》の色が浮かぶ。

一方で、小野寺だけは周りに比べて焦りが少ない。奉行が土下座を封じられていると先に知っていたためだ。

（しかし、まさか怒り顔とは……）

土下座ではなく威厳と恐怖で裁くとでも？

そのような付け焼刃、果たして上手くいくのであろうか？

実際、ハマジたちも怖がっていたのは最初だけ。気がつけば、すぐに――、

「これというのも、うちの痩せぎすおたふくが悪いんでさァ！　素直に一両受け取って、かんざしでも買ってくりゃあいいものを！」

「なに言ってんだい、糞亭主が！　あんたがあたしの投げた茶碗を避けるから、それで小野寺の旦那に当たったんじゃないかい！　あんたが怪我させたようなもんだよ、このしょぼくれひょっとこ！」

と、すっかり普段の調子に戻り、夫婦で声を張り上げ合う。

奉行所の白州で縄につながれ、目の前で町奉行が睨んでいるのに夫婦喧嘩の続きと

は。――やはり、この二人たいしたたまだ。居合わせた与力と同心一同は、感嘆にも似た奇妙な心持ちにさせられた。

ひょっとこハマジとおたふくトメは「お前が」「あんたが」と今にも取っ組み合いを始めそうな勢いであったが――、

「お前たち、いいかげんにせよ！」

奉行のお叱りで、さすがにしんと押し黙る。

「よいか魚屋ハマジよ、お前が拾った一両を授かれたのは、正直者への褒美であるのだ。黙って持ち帰ることもできたであろうに番屋へ届けて立派である、他の者たちへの手本となろう。そんな心根への恩賞である。――なのに、このように人目をはばからず喧嘩ばかり！　そのような者は皆の手本になるまいし、褒美を受け取る資格もあるまい」

「へえ、面目ございやせん……」

「そして妻トメ女、狙ったわけではないとは申せ、お上の同心を二度にも渡り昏倒せしめた。この罪、軽くはないぞ」

「は……はい、まったくその通りで……」

「そこで――」

奉行は、夫婦をじろりともうひと睨み。

もはや〝どげざ奉行〟どころか〝鬼奉行〟と呼ぶにふさわしい形相で、震える二人に裁きを下す。

「まずは、財布と一両小判は当奉行所にて没収とする！　このようなものを与えたから無用な騒動が起きたのだ！」

それなりに納得のいく裁定であった。

ハマジとトメにも異論はない様子。押しつけ合っていたくらいであるから、手に入らずとも惜しくはあるまい。

ただ、問題はここからだ。

居合わせた与力や同心一同は、この期《ご》に及んでなお、

『――どうせ結局、このあと土下座をするのであろうな』

『――なにせ〝どげざ奉行〟であるからな。もったいぶって小芝居などせず、さっさと頭を下げればよいものを』

『――むしろ今回のような一件こそ得意の土下座の出番であろうに』

などと、奉行がいつもの〝どげ裁き〟をすると信じていた。

なにせこの夫婦、どれほど口ではいがみ合おうと、その実、愛し合っているのは一

目瞭然。――もし重い裁きが下されれば、表にいる町人たちは納得しまい。

そんな、またも緩んだ空気の中、奉行はさらなる裁定を付け加える――。

「さらに魚屋ハマジと妻トメ女には、世を騒がせ町奉行所の手をわずらわせた罪にて……それぞれ、百叩きを申しつけるものなり！」

与力、同心一同は思わず、えッ、と息を飲んだ。

書き役（記録係）の同心も、筆を持つ手を止めたほど。それほどまでに信じがたき裁きであった。

いくらなんでも厳しすぎる。

百叩き――正しくは敲刑《たたき》という。主に盗みに対する刑罰であり、竹を布やこよりで巻いた鞭《むち》にて、名の通り背中を百回叩くのだ。

深い傷こそ負わぬが、その痛みはすさまじく、叩かれた罪人は屈強な巨漢であろうと泣き叫ぶ。『衝戟《しょうげき》で死ぬことがなきよう医者が必ず立ち会うべし』と定められているほどであった。

それを、この魚屋夫婦に科すというのか？

同心に傷を負わせたのだから、理屈の上では相応の刑と言えたが……。

（これは、いかん――!!）

小野寺は咄嗟に声を上げようとした。『手傷を負った自分が許しているのだから、なんとか減刑してほしい』と庇《かば》おうとしたのだ。

——しかし口を開こうとした彼に、奉行は無言のまま、きっ、と鋭い一瞥《いちべつ》をくれる。下がっていろ、と言いたいらしい。

（お奉行、なにかお考《おかんが》えがあると……？）

小野寺は気迫に圧《お》されて引き下がる。

一方で、刑を言い渡されたハマジとトメの当人ふたりは、最初こそは真っ青な顔にてぶるぶる震えていたのだが、ほんの十ほども数える前に——、

「お待ちくだせえ」

夫ハマジの方が、逆に奉行を睨み返した。

「どうしたハマジ、異論があるか？」

「ええ、ございやす。百叩きは構わねえ。こちとら荒っぽいので知られた江戸の棒手振りだ。覚悟はできてるから、オウ、煮るなり焼くなり好きにしやがれ！　ただ……どうか女房だけは勘弁しちゃあくれやせんかい？」

「その女房が同心に怪我を負わせたのだぞ」

「そこをなんとか……。そうだ、あっしが二百回叩かれやす！　それだったら帳尻は

合いやしょう？」

　そこに妻トメも、下膨れの顔を真っ赤にさせながら割って入る。

「いいえお奉行さま、同心さまに茶碗を投げつけ気を失わせたのはこのあたくし。

――それに、うちの人は威勢こそいいけど臆病で、二百どころか一発叩かれただけで音《ね》を上げるに決まっています。どうか、あたくしを二百お叩きくださいまし！」

　こうなると、またハマジの方も黙っていない。

「てめえ、誰のために頼んでると思ってやがんだ！　お奉行さま、でしたらあっしは三百！　三百叩かれても構わねえんであっしの方を！」

「いいから、あたしに任せなって言ってんだよ！　あたしは四百……ううん五百で構いませんので！」

　こんなときでも、ふたりそろって意地を張る。

　いつしか夫婦はいずれもひれ伏していた。

　筵より前に出て、ひょっとことおたふく双方まとめて額を地に擦《す》りつけていたのだ。

白州の砂利には涙が滴り落ちていく。

「お願《ねげ》ぇでございます……。なにとぞ、なにとぞ……」

「どうか、あたくしめに……どうか、どうか……」

土下座である。懇願の土下座。

愛する者を守るため、すべてをかなぐり捨てて頭を下げる。この世で最も尊い土下座であろう。

小野寺をはじめ、その場にいた者たちの目に、もらい涙が滲《にじ》んでいく。一同、長年白州での裁きを見続けてきた与力・同心でありながら堪えることができなかった。

ふたりにここまでさせるとは、なんと非道な裁定であるか。なんと無情な奉行であるのか。周囲一同、町奉行牧野駿河守へと目を向けると……、

「うむ」

頷く顔には、見慣れた寝ぼけえびすの微笑《ほほえ》みが。

先ほどまでの鬼や仁王は、もはやそこには居なかった。

「ふたりとも見事な土下座よ。――だがお前たち、土下座の相手が違っていよう？」

この言葉にて、初めて駿河の真意を理解した。

小野寺も。他の同心や与力たちも。

そしてハマジとトメの二人も。

夫婦は涙を垂れ流したまま互いの方へと向きを変え、互いに頭を下げ合った。

「すまねぇトメ、俺が意地を張ったばかりに……」

「ううん、あたしこそ……ごめんよ、お前さん」

小野寺は、自分が間違っていたことを知る。

先ほどまでは、愛する者を守るための土下座こそがこの世で最も尊いと思っていた。

しかし、そうではなかった。今の二人の姿はさらに尊く美しい。

（そうかお奉行、あえて心を鬼にして……）

単に甘い裁定を下すだけでは、夫婦の間に禍根を残す。

それより一度追い込むことにより、互いの情を確かめ合わせたというのだ。

（牧野駿河守様、土下座せずとも名奉行ではないか！）

さては、裁きの前に部屋でむすりとしていたのも怒り顔の稽古であったのか。

この奉行、ただ他人に頭を下げるだけの男ではない。――小野寺は駿河守を頼もしく、かつ誇らしく思いながらも、

（……しかし、だったら普段から土下座せずともよいではないか）

と、またいつものように眉根に皺を寄せるのだった。

白州では魚屋夫婦の互いに謝る涙声が、いつまでも終わらず続いていた。

四

さらに半刻ほども経ったころ。

ハマジとトメは奉行所の門より解き放たれた。野次馬たちの歓声が沸く。

ふたりはまだべそを掻いていたが、付き添いとして裁きを見ていた長屋の大家が、白州でのことを人だかり相手に語っていた。

「——というわけで、なんとも見事なお裁きであられたのだ。最後にお奉行さま、取り上げた一両小判の代わりに二分金を二枚くださってな。『それぞれ好きなように使うがよい』とおっしゃられた」

決まりであるから気前よく一両足して三方一両損とはいかぬが、精いっぱいの配慮である。——いや、そもそもハマジとトメは銭金《ぜにかね》以上に大切な、かけがえのないものを受け取っていたのだ。果たして、なんの不満があろう。

大家の話に、その場のだれかが声を上げた。

「——なるほど、三方一どげ損ってえわけかい」

魚屋夫婦はしたくない土下座をさせられ、それぞれ一土下座ずつを損。

奉行は土下座ができずに一土下座を損。

合わせて、三方一どげ損というわけだ。

野次馬たちはこの『どげ損』という言葉がよほど気に入ったようで、皆、口々に、

「――三方一どげ損、三方一どげ損」

と囃《はや》し立てた。たしかに響きは悪くない。

今回の裁き、『三方一どげ損のお白州』として後々まで語り継がれることであろう。


――一方、塀を挟んだ奉行所の中。

先ほどからずっと町人たちの『三方一どげ損、三方一どげ損』とはしゃぐ声でやかましい。とはいえ町奉行牧野駿河守への賞賛だ。やめさせるのもおかしかろう。

そんな中、奉行の部屋にて小野寺は深々頭を下げる。

「お奉行、お見事なお裁きでございました」

世辞などではなく心底感服していたのだが、当の牧野駿河はむくれ顔。

「小野寺、頭を上げよ。それをするなと言ったであろう」

いつもの『頭を下げてよいのは自分だけだ』と続くのかと思いきや、発されたのは予想と異なる言葉であった。

「羨《うらや》ましくなるではないか」

「――？　と申されますと？」

「頭を好きに下げられるお主が羨ましくなると申しておるのだ。儂はご老中たちから禁じられておるからな」

「は、これはどうも……」

あまり聞いたことのない叱られ方であった。――とはいっても、この程度の珍言奇言、牧野駿河守の口からはよく飛び出るものであったのだが。

「それに、お主はこたびの裁定を見事と申したが、本当に見事と思うか？　あれでよいと本当に？」

「はっ、それはもう……。ハマジら夫婦はもちろんのこと、町の者たちも皆喜んでおります」

「だが、人に頭を下げさせた。――望んでおらぬ相手に頭を下げさせるのは、人として最もしてはならぬことであるのだ」

「お奉行……」

「こたびのみとはいえ、儂は〝どげざ奉行〟でなく〝どげざさせ奉行〟になってしまった。うんと恥ずべきことであろう」

意外であった。

〝どげざ奉行〟として躊躇《ちゅうちょ》なく他人に頭を下げるこの人物が、他者に同じ行為をさせるのをそれほどまでに忌み嫌っていたとは。

（この御仁、『ど』の字を恥と思っておられぬわけではないのか）

自分でするのが平気なだけで、土下座自体は恥辱の行為ということらしい。

少なくとも他者に土下座をさせることは、自分が土下座するより遥《はる》かに恥のようだった。

「……まあ、よい。こたびの裁きは乗り切った。次からはまた〝どげざ奉行〟のどげ裁きに戻すとしよう」

「よろしいので？　ご老中様がたから禁じられておられるのではございませぬか？」

「いいや、こたびのみよ。『今回のように物見の町人たちが集まる中で土下座をすれば幕府の権威に瑕がつく』という理屈であったからな。見物客の少ない別件ならば問題あるまい」

「そういうものでございましょうか？」

小野寺としては今後も『どげ禁』『どげ損』を続けてほしいのだが、奉行の考えは変わらぬようだ。ままならぬ。

「さて、ハマジとトメ女の件はこれにて半分落着。――残り半分の始末としよう」

「はっ。そろそろ一同、集まっているころに存じます」


二人が奉行所の広間へ行くと、廻り方の受け持ち与力である梶谷と、廻り方同心十一名が、すでに一同ずらりと居並んでいた。

序列五位の小野寺が到着することで、廻り方同心は一位から十二位までが勢ぞろい。――これは滅多にないことだった。彼らは多忙で、大抵の時間は表で見廻りをしているものであったのだから。

しかもよく見れば、負傷にて療養中である序列十一位の鈴《すず》木《き》信八郎《しんぱちろう》までもがそこに居る。これで本当に十二人。

同心のうちほとんどは集められた理由を知らない。小野寺も同じである。ただ『魚屋ハマジ夫婦の一件、まだ続きがある』と聞かされていたのみであった。

とはいえ一同、重大事であることだけは理解していた。そうでなければ臨時の全員招集などあり得ない。室内の空気は肌がひりりとするほど張りつめていた。

奉行が上座の席に腰を下ろすと、序列一位の百木《ももき》が「それでは」と立ち上がって場を仕切る。

百木はぎょろりと大きな目をした男で、武芸はさほどでもないが、隙のない仕事ぶりで知られていた。人呼んで〝決して失敗せぬ男〟。だれよりも多く働き、だれよりも手柄を上げてきた人物だ。

彼は件《くだん》のぎょろりで他の同心一同の顔を見渡したのち説明を始める。

「昨日《さくじつ》午後、魚屋ハマジと妻トメ女がここに連れて来られた際のことだ。騒ぎのもととなった財布は、吟味方の同心が預かることになったのだが――」

吟味方というのは、白州での裁きを受け持つ与力や同心たちのことである。

「その者、目端が利くようで、財布を手にして妙なことに気がついた。中身は一両小判一枚のみのはずであるのに、なにやら別のものが入っているようなのだ。調べたところ、布が二重になっており、中から出たのは……」

百木が取り出したのは、おそらく薬。

小さな油紙の包み、一片であった。

開けば、中には泥を丸めたような黒い粒が入っており、ぷんと甘い臭気が鼻を突く。

同心一同の顔に緊張が走った。よもや、これは――。

「阿片《あへん》である。人呼んで〝一粒金丹《いちりゅうきんたん》〟」

やはりである。

蘭方医の言うところのアーピエン。

南方の異国でのみ生産される御禁制の薬物だ。ちなみに〝一粒金丹〟は、少量が高額にて売買されることからの異名であった。

(なんと、阿片とは……!!)

知識としては知っている。

だが小野寺も、ほとんどの同心たちも、目の前にするのは生まれて初めて。――この薬は、それほどまでに長年厳しく取り締まられてきたものなのだ。

近年では清国《しん》と英吉利《いぎりす》の阿片招禍（阿片戦争）の悲劇も伝わっていたため、江戸では一部の医者以外には一切、扱うことを許されていなかった。

なのに、まさか長屋の夫婦喧嘩の裏でこのようなものが見つかっていたとは。

(なるほど、だからお裁きの際、理由をつけてハマジから財布を取り上げたのか)

奉行の手並みが鮮やか過ぎて、裏の理由など疑いすらせずにいた。

「すずしん、続きはお前が説明せよ」

百木に名を呼ばれ、序列十一位の鈴木信八《すずしん》郎が前に出る。——といっても、この男、ふた月前の『同心さらい』の一件で悪党どもに両足とあばらを折られ、未だに杖《つえ》なしでは歩けぬ身。立たずに這《は》って前へ出た。

鈴木は序列を十位から十一位に下げられた上で自宅にて療養していたが、医学薬学に通じているため、わざわざ呼びつけられたという。へまの続いていた彼であったが本件では上役たちからあてにされ、誇らしげな様子であった。

「こちら、医者たちの呼び名でいうところの『生あへん』というもの。南国に生える芥子《けし》の実から取った汁を固めて作った薬でございます。主な効果は酩酊《めいてい》、鎮痛、鎮静、ついでに下痢止め。おそらくは伯帯庇亜《ばたびあ》ものでありましょう。——お上の御免状を得た医者のみに入手と処方が許されておりますが、煙草《たばこ》に混ぜて吸うとたいへんによい心持ちになるのだとか。ちなみに『生あへん』の『生』というのは精製していないという意味ですな。欧羅巴《ようろっぱ》では焼酎のごとく蒸留して莫児比涅《もるひね》なるさらに強い効能の薬を作ります」

この男、普段は陰気な性分のくせに、薬の話をするときだけはやたら楽しげかつ早口となる。

「そうそう、今回見つかった阿片、財布の特徴より名づけて〝蝦蟇《がま》ちどり〟という符丁で呼んではいかがでしょう? 千鳥模様に蛙の根付飾りが下がっていましたゆえ。――この〝蝦蟇ちどり〟、医者が用いるものより純度はずいぶん低めですな。うんと混ぜ物もしておりますし。混ぜてあるのは毒茸《どくきのこ》や朝鮮朝顔などを煎じた粉かと」

百木はぎょろりと鈴木に訊ねる。

「つまりは効き目の低い安物ということか?」

「いえいえ安物ではありましょうが、効き目については純度が高ければよいわけでもないのが面白きところ」

面白き、という言い回しが気に食わず、百木は再び睨みつける。だが鈴木は気づかぬままに早口の説明をまくしたてた。

「阿片に毒性の高い混ぜ物をするとですな、最初はホンワカよい心持ちであったのが、効き目が切れると混ざった毒で苦しくなる。客はこの苦しみから逃れようと、また阿片を買って吸う。なにせ効いているうちはホンワカですゆえ。で、切れるとまた苦しくなる。――これを繰り返すうちに、客は阿片なしでは生きていけなくなるのです。この手の薬は安物ほど性質《たち》が悪い」

「なるほど……。ならば、そそっかしい医者が落としたものではないのだな?」

「ええ、よからぬ目的で売り買いされていたものに違いありませぬ」

鈴木は朗《ほが》らかに語っていたが、小野寺以下その場で聞いていた同心たちは、ある者は恐怖で顔を青ざめさせ、またある者は怒りで顔を赤くさせていた。

まさか江戸にそのようなものが持ち込まれていたとは。

しかもハマジが拾って届けたのは半年前。ずっと番屋や町奉行所のもとにありながら、だれひとり気づかぬままであった。

その間にも毒入り阿片は売り買いされ、ひそかに市中で広まり続けていたのかもしれない……。

ここで奉行が、とん、と閉じた扇子で床を叩く。

今から自分が喋《しやべ》るぞ、という合図である。廻り方同心、与力一同は、一斉に上座へ視線を向けた。

さすがに土下座はしておらぬ。——細い両目も、きりりと大きく見開かれていた。

この〝どげざ奉行〟ですら阿片が相手とあらば真顔になるということらしい。

それとも、これは小野寺のみが知る事情だが、『ど』の字を禁じられてからすでに二刻以上経つ。その疲れと苛立ちで笑っておられず、険しい目つきになっていたのか。

ともあれ牧野駿河守は、その場の一同へと申しつける。

「聞くがいい。――廻り方同心一同、儂がよいと言うまで、この毒入り阿片〝蝦蟇ちどり〟の探索に尽力せよ。十二名、全員にてである」

縄張りや序列の垣根を越え、力を合わせて調べよという。

よほどの大事でなくばあり得ぬことだが、今はまさしくその『よほどの大事』。皆、それぞれ多忙であるが異論は出ない。いつもは奉行と意見の合わぬ与力の梶谷ですら無言で頷くのみであった。

「それと小野寺よ」

最後に奉行は、開いたまなざしのまま小野寺に告げる。

「はっ」

「お主の縄張りで起こったことだ。番屋に届いた落とし物など、いちいち見逃した責を負えとは言わぬ。しかし他の者たちより多く働いてもらうぞ」

「はっ。無論でございます」

阿片は人をむしばむ悪鬼の薬。

そして売るのは人を喰らう悪鬼の所業だ。許されぬ。

「では小野寺、まずは最初の役目であるが――」

五

気がつけば、そろそろ夕刻。

町の大通りでは、瓦版売りが口上を述べていた。

「――サァサ、お手が空《す》いてりゃ寄ってきな、お暇がありゃあ聞いてきな。しらすは魚屋、どげなら奉行。噂の『三方一どげ損』の顚末《てんまつ》だ」

ハマジとトメの裁きは昼過ぎのことであったというのに、もう瓦版になっていた。驚くべき早さである。さすがに絵はなく文字のみであったが、文面を書き、版木を彫り、紙に刷って乾かす時間を考えれば、まさしく神速と言ってよい。

夕方前の瓦版というものは、飲み屋や女郎屋へ向かう客たちが話の種を仕入れるために買い求めるもの。――本日一番の話題である三方一どげ損の一件は、まさしく酒の席で話すにうってつけである。瓦版屋も無理をしてでも刷るというものであった。

「――こうしてお奉行さま、自分が土下座するどころか相手に土下座をさせて一件落着！　深々と頭を下げる魚屋夫婦に、お奉行の牧野駿河守さまはなんとお声をかけたと思う？」

売り奴も、普段ならさわりしか中身を教えず、『あとは買ってのお楽しみ』ともったいぶるものであったのだが、今回はよほどさげ（落ち）に自信があるらしい。おしまいまで内容をすべて語りきっていた。

「——お奉行さまは申された。

『これ、もう顔を上げよ。そんなに頭を下げては額がこすれて怪我をするぞ？』

すると魚屋夫婦は、こう返事……。

『なあに、チョイとは〝擦《す》るが〟平気でさ』

『布でも〝巻きの〟で治ります』

——とさ！　サァサ一枚六文、たった六文！」

瓦版売りの口上というより、これではまるで辻講談《つじこうだん》。

道ゆく者たちは感心し、次々と六文払って買っていく。

たまたま傍《そば》を通った小野寺と辰三は、十手を見せて瓦版を一枚取り上げ、その中身に目を通した。

「うむ、さすがに出鱈目《でたらめ》がすぎる。ハマジとトメは、このように気の利いたことは申しておらぬぞ」

とはいえ、さすがに直接文句を言う気はない。

ただ辰三にこぼしただけだ。瓦版屋が話を盛るのは当たり前のことであろう。

「へへっ、けど洒落《しゃれ》てやがりますぜ。こりゃ本物の講談になって長いこと語られるに違えねえ」

辰三は、牧野駿河守が名奉行として語り継がれるのを夢想して、ぶごーふごーと猪鼻を鳴らしながら笑っていた。普段の仏頂面はどこへやらだ。

この小者、奉行のことが好きすぎではないか？　小野寺は少々不愉快なものを感じてしまう。

「……まあよい。行くとしよう」

「へい旦那」

歩きながら、あらためて瓦版を最後まで読む。

署名は『じもく』。案の定だ。

（あやつ、嘘《うそ》ばかり書いているくせに、こちらが書いてほしいことに限って書いていないとは……）

やはり急がねばならぬらしい。

『あの事実』を相手は知らぬ。

六

その日、ハマジとトメの夫婦は奉行所での裁きを終えたのち、それぞれ二分金を手にして長屋に帰った。

ハマジは途中、いつもより上等な酒と肴《さかな》を買い、親しい者たちを部屋に集めてささやかな酒宴を催した。

トメは古着屋で、以前から気になっていた着物を買った。

これで、どちらも二分は使い切り、もとの通りのからっけつ。

瓦版を読んだというお大尽衆から、ハマジには灘《なだ》の下り酒が樽《たる》いっぱい、トメには友禅《ゆうぜん》の帯が届いたが、各々が二分金で買ったものほどは美味《うま》くも美しくもなかったに違いあるまい。

いつしか夜も更け、真夜中九つ（午前零時）も回るころ――。

空には半月が真白く浮かぶ。酒を馳走《ちそう》になりにきた者たちもすでに全員帰ったあとで、部屋には夫婦ふたりきり。

町奉行所の白州にて、あれほど熱くなったのだ。このあと、しょぼくれひょっとこのハマジと痩せぎすおたふくのトメは愛を確かめ合うかもしれぬ。——客たちもそれを察して、まだまだ飲めるのに去っていた。

煎餅《せんべい》布団に並んで寝そべり、そっと触れ合う指と指……。

——と、そのときである。

「——オウ、ごめんよォ。ハマジさんの部屋はここでいいのかい」

こんな夜分に、これほど気が昂《たか》ぶっているというのに、障子戸をばんばん叩く者がいた。

声は男のものであった。他にも人の気配がする。三、四人といったところか。

ハマジは戸を開けぬまま返事をする。

「そうだが、なンだい？」

本来、棒手振りの魚屋というのは気の短いもので、このしょぼくれひょっとこも例外ではない。それでもいきなり怒らなかったのは『また瓦版を読んだどこかの金持ちの旦那が鯛《たい》でも届けてくれたのか』と思ったからだ。

もう夜遅いが、芸者遊びの最中に気前のよいところを見せたくなった、などの事情もあるかもしれぬ。

——しかし障子戸の向こうの男が口にしたのは、まったく別の言葉であった。

「聞きたいんだがな、あんたが拾ったという財布、もしかして紺の千鳥模様に蛙の根付じゃなかったかい？」

「財布だァ？　オウ、そうとも千鳥に蛙だ。そんなことまで瓦版に書いてあったのか？」

「いいや千鳥は書いてあったが、蛙の方は書いてなかった。まるまる太った蛙だったろ？」

「お、おゥ……。けど、それがどうしたってんだよ」

今さら財布の話とは。

もしや……。

「なあハマジさん、その財布だがよ、ひょっとすると俺たちの連れのモンかもしれねえんだ」

やはりであったか。

拾った財布である以上、落とした者もいるはずだ。ハマジは後ろ暗いことなどないものの、さすがに声が上擦った。

「そ……そうかい。けど、今さらそんなこと言われても困る。俺ゃあ、ちゃんと番屋に届けたし、正直のご褒美で貰った一両もとっくに使い切っちまった。その連れの野郎にゃあ気の毒だが――」

「いいや、一両は別にいい。あんたにくれてやろうじゃねえか」

「そうかい？　悪ぃな……」

「……欲しいのは財布の方だ。今すぐ返してもらいてえ」

男の声が次第に低く、どすの利いたものになっていく。

障子の破れ穴から表を覗くと、男は見るからに堅気ではないやくざ者。

懐からは匕首《あいくち》の柄《つか》が覗いていた。脅しのために、あえてはみ出させていたのであろう。手垢《てあか》の染みた、よく使い込まれた木の色だった。

「お、おい……帰《けえ》ってくれ！　あの財布なら奉行所だ！　俺たちゃ二分金二枚だけしかもらってねえ！」

「奉行所だと？　そうか、それじゃあ仕方ねえ。だがよ――」

仕方ねえと言いつつも、一応念のためということであろう。

男は勢いよく、

——どんッ

と障子戸を蹴り倒す。貧乏長屋の戸など飾りにすぎぬ。相手が本気になればこんなものだ。

「チョイと部屋ン中、調べさせてもらうぜ」

表には、やくざ者が総勢四名。

全員、懐から匕首の柄をはみ出させていた。外と素通《すどお》しになってしまった長屋の部屋で、ハマジとトメは震え上がる……。

——しかし、である。匕首の男らが土足で上がり込もうとしたその刹那。

背後から、よく張る声が夜の帳《とばり》を引き裂いた。

「動くな、廻り方の小野寺である！」

男たち四人の振り返った先には、額に白布を巻いた同心の姿があった。

〝しゅうとめ重吾〟こと小野寺だ。手にした十手の鈍色《にびいろ》に、ぎらりと月が反射する。

（やはり、ハマジたちが狙われたか）

日が沈んでから、もう三刻以上。

小野寺は小者の辰三と共に、小便の臭い立ち込めるどぶ板長屋の裏に潜み、ずっとハマジの部屋を見張っていたのだ。

これというのも瓦版のせい。聞屋《ぶんや》のじもくが大事なことを書き忘れていたためである。

（あの綿入れ女め、なぜ『財布は奉行所で没収した』という話を書かぬか！）

それさえ書いておけばハマジとトメは狙われずに済んだものを。くだらない嘘の地口《だじやれ》などより、よほど大切なことであろうに。

とはいえ、今さら言っても遅かろう。もはや起こった事態に対処するのみ。

やくざどものうち一番手前にいた者が、匕首を抜いて小野寺へと襲い掛かる。

躊躇がない。この男、さては人を刺すのは初めてであるまい。逃げるより殺しの方を選ぶとは。もしも他の同心であれば刃を喰らっていたかもしれぬ。

しかし、ここにいたのは〝しゅうとめ重吾〟。

北町最強の剣士であった。

小野寺は相手の突進を横にかわすと、鉄むくの十手を、ずとんッ、ずとんッ、と二度振り下ろす。――この音は十手ではなく、踏み込んだ足の鳴らした音。

よく剣術では『刀は手でなく足で斬る』などと言い、腕力よりも足腰の力を重んじる。彼ほどの腕利きが武具を振るうと地面はこのような音を鳴らすのだ。

月光の下に閃《ひらめ》く十手は、最初のずとんで男の手首を叩いて匕首を落とし、二撃目で首筋の急所を打って昏倒せしめた。

残りは三名。

この数ならば、まとめてかかってこられようとも小野寺の腕の前には脅威ではない。

ただ、厄介なのは別の点――。

（こやつら、もう逃げるか⁉　面倒な！）

目の前で仲間が倒されたというのに、残り三人はいっせいに背を向け逃げ出したのだ。

なんという判断の早さ。こやつら手練《てだ》れの一味であるかもしれぬ。

しかも最悪なことに、

（――しまった、中に入る気か！）

一味の一人は、倒れた障子戸をばりばりと踏みつけながら、ハマジの部屋へと上がり込む。

魚屋夫婦を人質に取る気だ。男は背丈六尺以上、力士と見まごう巨漢である。その分、足に自信がなかったようで、走って逃げるよりも荒っぽい手を選んだらしい。

もし人質を取られれば手出しができぬ。

もはや絶体絶命かと覚悟した、次の瞬間……。

——がつんッ

聞き覚えのある音が、真夜中の長屋に鳴り響いた。

同時に、巨漢の体がぐらりと揺れる。

今だ、と小野寺は地を蹴って跳ぶと、さながら猛禽《もうきん》が爪で獲物を仕留めるがごとく、十手を男の脳天へと振り下ろす。

いかにも骨の分厚そうな頭であったが、力を入れ過ぎないよう加減した。こやつの頭はすでに一度、強い打撃を喰らっているのだ。気をつけなければ死ぬかもしれぬ。

十手が男の頭蓋へ触れると同時に、巨軀《きょく》はばたんと玄関先にて地に伏した。——またもばりばりと、そこいらあたりの物を壊す音が鳴る。

踏みつけられていた障子戸はもはや直せぬほど粉々だったが、夫婦の命には代えられまい。

「トメ、ハマジ、無事であったか？」

「は……はい、平気でございます……」

返事をしたのはトメの方。

ハマジはトメに抱きついたまま腰を抜かし、声も出せぬ様子である。――とはいえ妻を庇う体勢で抱きついており、この夫婦の情の深さがうかがえた。

小野寺は、倒れた大男の額と足元に転がる茶碗を目にして苦笑い。

「はは。トメよ、お手柄であったな」

「いえ、その、なんと申しましょうか……。小野寺さまの前でお恥ずかしい限りでございます」

彼としては笑うしかない。

巨漢をぐらりと揺らがせたのは、トメがとっさに投げた茶碗であった。

小野寺を二度も昏倒せしめた茶碗投げが、今回は悪党に強烈な一撃を与えたのだ。

やはり町人の中年女房のみぞ知る投擲の極意があるのかもしれぬ。

七

こうしてハマジとトメの夫婦は無事で済み、財布を狙う男たちのうち二名を捕らえることができた。

逃げた残りの二名についても、辰三が密《ひそ》かにあとを尾行《つけ》ている。——運がよければ〝蝦蟇ちどり〟を扱う一味の根城を突き止めることもできよう。

こうなると、逃げてくれたのがありがたかった。

（もちろん、うまく行けばであるが……）

運のよさには、さほど自信のある方ではない。

十手で倒したやくざ者たちを縄で縛りつけていると、痩せぎすおたふくのトメが震える亭主を抱きつかせたまま寄ってきて、あらためて深々頭を下げる。

「小野寺さま、ありがとうございます。かさねがさねご迷惑をおかけいたしまして、なんとお詫びを申していいのやら。——額の瘤、まだお痛みでしょうか？」

「なに、気にすることはない、この程度……」

ここで終えてもよかったが、小野寺にしては珍しく洒落っ気が出て、気の利いた台詞《せりふ》を足すことにした。
指先で、すっ、と額の晒し布をなぞって一言──。
「布でも巻きのですぐ治る」
……言い終えてから猛烈に照れ臭くなり、顔を赤くしながら目を伏せた。
やはり慣れぬことなどするべきではない。
足元では青い紫陽花が慎ましやかに咲いていた。

幕間の弐

蛇《カガシ》の蔵六《ぞうろく》は四十五歳。奥州《おうしゅう》の出だと本人は言う。

偽名である。いくつもある嘘の名のひとつだ。——この男、とにかく頭が切れて芝居っ気があり、おまけに目立たぬ人相の持ち主であったため、津々浦々をブラブラ旅しながら気の向くままに名を変えて、身元も偽り、ときには芝居用の化粧で顔を変え、各地で悪事を繰り返してきた。

盗みに殺し、人さらい。知恵や芝居っ気を生かして詐欺もする。

また、意外と人の扱いが上手いため、徒党を組んで押し込みをしたり、短い間だがやくざとして小さな一家を構えたりもしていた。

ただ、やはり好き放題をしすぎたためか、役人や他の親分衆に目をつけられ、今や逃げ隠れのために放浪する身。

そんな彼が江戸に入ったのは、およそ一年前になる。

さる人物との縁により、陰にて雇われることとなったのだ。

——今夜の御役目は、魚屋ハマジの長屋へ押しかけて巾着財布を取り戻すこと。

だが、しくじった。

(こりゃ、不味《まじ》ぃことになった……)

こんなつまらぬ仕事で失敗するとは焼きが回った。情けない。

なんとか同心から逃げ切ることはできそうだが、財布は取り戻せず、連れてきた手下も残っているのはひとりきり。

彼は今、その残りのひとりを連れ、夜の上野を西へと向かって走っていた。

「蛇《カガシ》の兄《あに》ィよ、俺らどこに向かって走ってんだ? 隠れ家はこっちじゃねえだろ」

「莫迦《ばか》野郎、直《チヨク》で巣に帰《け》ぇる獣はいねえよ」

そのときである。横を走っていた手下が突如、

「——おおッ⁉」

と声を上げながら、派手にすっ転んだのだ。

道脇の松に潜んでいた何者かに、足をひっかけられたらしい。

「ち……畜生、どこのどいつだ⁉ ふざけた真似ェしやがって!」

両手両膝を擦り剝《む》いた痛みと怒りのために、手下の肩は震えていた。

涙交じりの怒声に応じて、ひょいっと松の陰から顔を出したのは――、

「ははッ。悪ぃな、痛かったろ?」

女であった。美貌の娘だ。

鬐を作らぬ下げ髪に、季節外れの桜の着物。

長いまつ毛のまなざしは、どんな星より不敵に煌《きら》めく。

「夜道を悪人面《づら》ふたりで走ってたからよォ、こりゃ悪事の臭いと思ってさァ」

半月が浮かぶ夜更けの空に、ころころという黄色い笑いがこだました。

蛇《カガシ》の蔵六は、その後、手下がどうなったのかを知らない。
置き去りにして逃げたのだ。
さすが、人使いが上手いだけのことはある。裏の稼業で人の上に立つのに必要な、
仲間を平気で見捨てる冷酷さをこの男は備えていた。それと――、
(……あの女、顔は憶《おぼ》えた)
渡世で舐《な》められぬための執念深さも。

参「蓮っ葉だぬきと蝦蟇ちどり（前編）」

一

〝蝦蟇ちどり〟は、同心の鈴木信八郎が思いつきで名づけた符丁である。鈴木は己の詳しい分野であるため、まるで自分のもののように思え、それで勝手に名をつけたのだろう。領分を越えた行いだ。

とはいえ悪い名ではないとも、他の同心たちは思っていた。

蝦蟇は毒を連想させ、ちどりは酔っぱらいの千鳥足を思い起こさせる。本件の毒入り阿片にはちょうどよい。

どうせ符丁は必要だ。迂闊《うかつ》に人前で『阿片の件、どうなった？』などと口にするわけにはいかぬ。なにかぼかした呼び名が欲しい。

こうして本件は、北町奉行所においては、

〝蝦蟇ちどり事件〟

と呼称されるようになったのだ。

まずは探索が始まり一日目――。


小野寺はハマジとトメを助け、怪しいやくざ者二名を捕縛。

さらには小者の辰三が逃げた二名のうち片方を捕らえ、これにて四名中三名の身柄を押さえたことになる。

探索初日というのに幸先《さいさき》がよい。この者たちは〝蝦蟇ちどり〟の財布を狙っていた。大きな手がかりとなるはずだ。

「……とはいえ、ひとりに逃げられたか」

「面目ございやせん。ですが、倒れてたやつを捨て置くわけにもいかねぇんで」

辰三は逃げたふたりを一町ほど距離を空けつつ尾行《つけ》ていたが、なにやら騒ぎが起きた末、気がつけばひとりが気を失って伏していたのだとか。

このつるつる猪は、迷った末に無傷のひとりを追うのを諦め、倒れていた方を縛って捕らえることにした。

正しい判断だ。もし捨て置いたまま尾行を続ければ、その間に目を覚まし、結局両方に逃げられていたかもしれぬ。

（とはいえ無念……）

捕らえた者たちに訊《き》いたところ、逃げ切った男が一味の兄貴格であるという。

やはり逃がした魚は大きい。

「まあよい。番屋の者を呼べ。捕らえた三名を奉行所へと引っ立てる」

「へい。それと遠目だったんで勘違いかもしれやせんが、こいつをぶっ倒したのはもしかして――」

二

奉行所へ戻ると、こんな夜半にかかわらず与力の梶谷と同心序列一位の百木はまだ残って働いていた。

梶谷は役人気質であるため牧野駿河守を嫌っていたが、同時にその役人気質ゆえに仕事熱心な男でもあったのだ。――彼は小野寺が〝蝦蟇ちどり〟の手がかりとなるや

くざ者どもをひったててきたのを見て、

「でかした、さすがは剣豪小野寺！　お前の腕あっての手柄だ！」

と、心の底から大喜び。

普段のいさかいなど忘れてしまったかのように肩をぽんぽん叩いて褒め称える。よくも悪くも与力向きの気質といえよう。

一方で同心序列一位の百木は、兄貴格を逃したことを許しがたく思っていたらしい。いつもに増して眼光鋭く、ぎょろりと小野寺のことを睨んでいたが、上役の梶谷が褒めているため、叱るわけにいかず無言でいた。

生真面目な小野寺としてはいたたまれない。むしろ百木が怒鳴ってくれた方が気が休まる。恥じ入るばかりだ。

そんな当人の思惑など気にもせず、なおも梶谷は小野寺をねぎらう。

「小野寺よ、張り込みと捕り物で疲れたであろう。まずは屋敷に帰って休むがいい。――いや待て、それより、まだお奉行がご就寝前だ。急いで褒めてもらいに行って来い。褒美の小遣いくらいいただけるかもしれんぞ」

これまた、普段は奉行を嫌っているのを忘れたような発言であった。

町奉行所というのは奉行の役宅も兼ねている。

普段、奉行がいるのは執務のための用部屋であるが、今居るのは奥の私室。こちらを訪ねるのは部下としていささか緊張を禁じ得ない。

襖の前にて小野寺が、

「ご無礼。小野寺でございます」

と声をかけると、中からは「ウム、入れ」との返事。

開けると、中には浴衣《ゆかた》姿の牧野駿河。

床に胡坐《あぐら》で腕を組み、むすりとなにやら真剣な面持ちであった。

(昼に続いて、また怒り顔のお稽古か？　それとも、なにかご思索中であられたか)

見た目だけなら、ただ機嫌が悪いだけのようにも見えるが……。

思い切って、訊ねてみた。

「お奉行、いかがなされましたか？」

「いかがとはなんだ？」

「いえ、お難しいご面相をなさっておられましたので」

「ああ、顔か……。これはだな——」

牧野駿河はむすり顔のまま意外な答えを口にする。

「機嫌を悪くしていたのだ」

「なんと」

珍しい。常に温厚そのものの寝ぼけえびすが、単に不機嫌でむくれていたとは。

「と申されますと、やはり〝蝦蟇ちどり〟の件でございましょうか？　町奉行として怒りを禁じえぬと？」

「む？　う……うむ、そうだな。それもあるのだが――」

どうやら違っていたようだ。

「今はこれだ。夜分というのに先ほど届いた。読んでみよ」

奉行は床に置かれた文を、顎でクイッと指し示す。こやつを読んだがために不機嫌になっていたという。

小野寺は文を手に取り、目を通す。

「……なるほど」

差出人は、沢瀉於菟五郎と鷹羽四郎五郎。――千代田のお城で出会ったという偽名の侍、ふたりであった。

内容を要約すると、

『――またも、さる御方がたからの言伝《ことづて》にて候。

本日の評定、まことに天晴《あっぱ》れ。難題を裁き、町人たちに御公儀と町奉行所の権威を知らしめた。

さすがは市中に知られた名奉行牧野駿河。土下座を用いずとも見事な評定ができたではないか。ついては……』

さる御方がたというのは、〃大御所老〃水野越前守忠邦と老中阿部伊勢守正弘。幕府の二大権力者である。

ここまでは、べた褒めがひたすら続く。

ただ問題は『ついては』の先だ。

『――ついては今後も同じく、土下座に頼らず己が職責をまっとうするよう』

土下座禁止《どげきん》は、まだ終わらない。

文はそう宣告していた。

（……お奉行、釘《くぎ》を刺されたか）

駿河守は、ハマジとトメを裁いたあとで小野寺に、

『（土下座禁止は）こたびのみよ。今回のように物見の町人たちが集まる中で土下座をすれば幕府の権威に瑕がつく、という理屈であったからな。見物客の少ない別件ならば問題あるまい』

などと語っていた。うやむやのうちに老中たちの禁令を無視するつもりでいたのであろう。——しかし敵もさるもの。さすがは二大権力者。

先んじて『こたびのみではないぞ』と念押しの釘差しをしてきたのだ。

奉行は苦い顔にてうぬぬと唸《うな》る。

「どうしたものか……。これでは、儂は〝どげざ奉行〟でおられぬ」

「左様でございますな」

けっこうなことではありませぬか。——その言葉を、小野寺は必死に飲み込んだ。

駿河守当人にとっては深刻な問題であったろうが、傍《はた》で見ている身としては、

（これは阿部様と水野様が正しいのでは？）

としか言いようがない。

幕府の役人としては末端の小野寺でさえ、まったく同じことを思う。——『ど』の

字なしでも名お裁きができるというなら今後は『ど』の字抜きですればよい。

駿河守の土下座ぐ
せは正すべき欠点であるはずなのだ。

「お奉行、いかがでございましょう。これを機に、しばしの間〝どげざ無し奉行〟か、あるいは〝どげざさせ奉行〟となられては……」

その言葉に牧野駿河は、またむすり。

「……小野寺、儂に〝しゅうとめ〟をする気か？」

「い……いえ、ご無礼お許しを！」

しくじった。

つい余計なことを口にした。駿河守の土下座ぐせと同じく、彼のよくない癖であった。

(要らぬことを申してしまった……。ことに『〝どげざさせ奉行〟となられては』はよくなかったか)

奉行の悔やむ姿を昼間この目で見たというのに。

小野寺は逃げるように部屋を去る。廊下ではなぜか与力の梶谷がコソコソ小走りで去っていくところであった。どうやら立ち聞きしていたらしい。

ともあれ、こうして〝蝦蟇ちどり〟探索は初日を終える。——しゅうとめ同心は屋敷に帰り、しくじりを噛みしめながら眠りに就いた。

いろいろと悔いの残る一日であった。

三

翌朝となる。

外は、雨こそ降っておらぬが薄曇り。雲を斬り裂くという奉行の土下座の神通力も、そろそろ薄れてきたようだ。

朝餉を終えて身支度を済ますと、妹の八重が軟膏の蛤《はまぐり》を手にして立っていた。

「兄上、お薬をお塗りいたします」

「いいや、いい。自分で塗る」

「いけません。あてずっぽうで自分で塗るから、いつまでも腫れが引かぬのです。以前、月代に痣ができたときもなかなか治らなかったではありませんか。──さ、額を出して」

小さな子供ではあるまいしと思ったが、八重の言葉ももっともだった。この妹が言うには、小野寺の瘤は真っ赤でやたら目立つという。

さっさと赤みが引いてくれねばみっともなくて、いつまでも晒し布が外せない。

(自分ではわからぬものだが、そんなにひどい腫れであるのか)

茶碗と魚屋の女房、恐るべしである。

「塗りますよ」

「うむ」

女人の手で軟膏を塗ってもらうと、亡き母のことを思い出す。幼いころは剣術の稽古で作った瘤に、よく同じようにしてもらったものだ。

さすが血筋か。妹の柔らかな指の感触は、母のそれに似ている気がする。さすがに昔のことなのでうろ覚えでしかなかったが。

「ほら、これでよし。さ、次は晒し布を巻きます。動かぬように」

「そうだな……」

これまた、ひどく照れ臭い。人に巻いてもらった布は、心なしか自分で巻いたものより柔らかかった。

こうして瘤の手入れも終え、玄関で待たせていた辰三と共に屋敷を出る。

――〝蝦蟇ちどり〟の探索、今日で二日目。

布巻き同心とつるつる猪のふたり組は、一昨日の雨でできた水たまりをぴょんぴょん避けつつ道を行く。

「旦那、このまま奉行所へ？」

「いいや、まずは先に寄るところがある」

しばし歩いて外神田。

裏通りの目立たぬ長屋に、下手な字で『じもくどう』とだけ書かれた看板を掲げる一室がある。

小野寺と辰三は、この耳目堂を訪ねてきたのだ。

それも部屋に着く二町も前から十手を隠し、同心と小者であるのを悟られぬようにしながらだ。――町方同心が訪れたことを他人に知られたくなかろうと、気を遣ったためである。

（本当なら、この場所を教えてくれた〝夜目鴉《よめがらす》の菊《きく》〟と共に来るべきであったのだろうが……）

だが、あの老女賊はここしばらく風邪で寝込んでいるという。仕方ない。

「じもくよ、いるか？」

返事はないが、人の気配があるので障子戸を開けた。中は丸めた紙くずだらけの散らかり放題。きれい好きの小野寺には鳥肌が立つ光景である。

そんな室内の文机《ふづくえ》の前にて、髪クシャクシャでそばかす面の女が――、

「ひいっ⁉」

と怯えた声を上げた。

この『ひいっ』は急に戸を開けられて驚いたため。一拍置いてから相手が小野寺たちだと気づき――、

「ひいいっ、小野寺さま！」

と、また改めて震え上がる。今度は、相手が小野寺とわかっての悲鳴だ。

この女こそがじもくであった。

（こやつ、相変わらず、だらしのない恰好を……）

年のころは二十五、六。あまり表に出ぬこともあって肌は透き通るように白かったが、身なりはとても褒められたものでない。

よれた寝間着用の襦袢の上に、埃っぽい綿入れ半纏。髪には櫛を通しておらず、顔も洗っていないのか白い頬には墨の汚れがついていた。

（いや、少々遅いが、まだ朝だ。寝起きでは仕方ないかもしれん……）

──と思ったが、行灯《あんどん》が点《つ》けっぱなしであるのを見るに、どうやら徹夜明けらしい。だとすれば寝起きではなく、昨日からこの姿ということだ。やはりだらしない。

（わからぬものだ。この髪くしゃくしゃの綿入れ女が、江戸随一の聞き耳というのだからな）

耳目堂のじもくは、やくざや盗人といった稼業人どもが噂話を仕入れるのに使う裏の聞屋であった。

彼女のもとには常に江戸中の風聞が、真贋《しんがん》を問わずに集まってくる。

ちなみに表の顔として、瓦版の文面を書く普通の聞屋もやっていた。部屋の床に散らばっているのは表稼業用の書き損じだ。

ともあれ、そんな綿入れ半纏姿のじもくは──、

「ひいい、小野寺さま申し訳ござァせん！　つい出来心！　つい出来心なんでございます！」

文机をひっくり返しながら、丸まった紙くずの中でぺこぺこと這いつくばった。

〝どげざ奉行〟ならぬ〝どげざ聞屋〟といったところであろう。

それにしてもこの女、なにゆえこのように謝っているのか。

「魚屋の女房に負けて瘤を作った件、瓦版で言いふらして申し訳ござァませんでし

た！」

（……そういえばそうであったな。瓦版は、この綿入れ女であった）

忘れていた。

たしかに昨日の昼までは腹を立てていたが、今となってはそれどころではない。

今朝は〝蝦蟇ちどり〟のこと、そして昨夜ハマジ夫婦を襲った者たちのことを訊ねに来たのだ。個人の醜聞など些事《さじ》にすぎぬ。

（とはいえ、せっかくだ。まだ憤っていることにして話を優位に進めるとしよう）

「貴様、頭を下げれば済むと思っておるのか！　私は北町の同心だぞ。土下座には慣れておる。知っていよう？」

「ひいいっ！」

今のは我ながら上手いことを言えた。小野寺は心の内でほくそ笑む。

奉行の土下座は、この女が瓦版で言いふらしたために市中で有名になったのだ。知らぬ存ぜぬは通じない。

「じもくよ、貴様は近ごろ奉行所の威を貶《おとし》めるような瓦版ばかり書いておる。けしからん。少々痛い目に遭わせた方が本人のためにもなるであろうと、他の者たちからも言われておってな。奉行所に引っ立てねばならぬかもしれん」

自分なりにうんとどすを利かせた声を発しつつ、懐に隠していた十手を取り出し、そばかす顔へと突きつける。

気の弱い女であれば、これだけで気を失いかねない。じもくはまたも「ひいい」と声を上げ、綿入れ半纏の肩を震わせるのだが――。

「で……では、小野寺さま」

「うむ、なんだ？」

「おいでになったのは〝蝦蟇ちどり〟とやらの件とは関係ないので……？」

驚いた。なにを調べに来たのか、この女は知っていたのだ。小芝居を打った自分が莫迦のようではないか。

しかも〝蝦蟇ちどり〟という符丁までも知られていたとは。

「なんと……。さすがは江戸随一の聞屋、なんでも知っているのだな。〝蝦蟇ちどり〟の名、だれから聞いた？　口の軽い者が奉行所にいるのか？」

「い……いえ、違います。昨日から同心の旦那がたが、それを探しておいででしょう？　その際、歩きながら話をしたり、茶屋で一息ついたりする際、お小者の親分さん相手につい『あの〝蝦蟇ちどり〟が』などと、ぽつりと漏らすじゃござァせんか。――わたくしはそんな噂の切れっぱしを集めただけでござァます」

「見事なものだ。噂を集めて、なにがわかった？」

「ご安心を……。まだ、わたくし以外は〝蝦蟇ちどり〟がなんなのか気づいた者はございませんざァせん」

「……そうか」

つまり、じもくは気づいているというわけだ。

北町奉行所が探しているのが、阿片であるということを。

「廻り方十二名が総出でお調べというのは相当な大事。療養中の鈴木信八郎さまを呼びつけたということは、探しているのは薬ということ。つまり〝蝦蟇ちどり〟は花の実から作る阿蘭陀《おらんだ》薬……。違っておいでで？」

「答えるわけがあるまい。調子に乗るな」

きっ、と睨みつけると、そばかす顔の綿入れ女は「ひいっ」と床にへたり込み、ずずっとそのまま半間《はんけん》ばかり後ずさる。

本気で怖がっているなら、もっと後まで下がればよいものを。半間のみというのがこの横着な女らしい。

「まあ、よい。お主に頼みたいことはふたつだ。――ひとつは〝蝦蟇ちどり〟の件、余所《よそ》には決して漏らさぬと誓え。瓦版はもちろんのこと、普段の客である裏稼業の者たちにも教えてはならん」

「は……はいっ、それはもう！　わたくし、身の丈に合わない商いはしないことにしておりますので！」

「ならばよし。それと、ふたつ目――。〝蝦蟇ちどり〟について、なにか噂が入ればすべて私か北町奉行所に報せよ。どんな些細《ささい》なものでも構わぬ」

小野寺としては、こちらが本題である。ひとつ目と同じく、ふたつ返事で『はい』と応じてくれると思っていたが――、

「……いいえ、そちらはお断りいたします」

と、肩を震わせながら予想外の返事をした。

「断るだと⁉　なぜだ？」

「だって阿片でござァますよ？　江戸に悪党は数あれど、そんなのを扱うのは特に厄介で怖ろしい連中です。そんな奴らを敵に回せば、命がいくつあっても足りません」

「臆病なのだな？」

「ええ、臆病なのです……。今のところ〝蝦蟇ちどり〟を扱っているのがどこのだれか一切わたくしは存じません。ですが調べるつもりもなく、噂を持ち込む者がいても買い取るつもりはござァません」

「そうか……」

荒っぽい手で無理やり従わせることもできたであろうが、この場は引き下がることにした。

つるつる猪の辰三が、奥まった目で不思議そうに小野寺の顔を見る。

「旦那、いいんですかい？　チイと女に甘いんじゃゃ？」

「いいや、そういうことではない」

毒入り阿片〝蝦蟇ちどり〟は天下の一大事。一刻も早く解決せねばならぬ。――だが、それでも他人に『天下万民のために死を覚悟せよ』と強《し》いることはできない。民のために命を懸けるのは、公儀の同心《さむらい》のみに課せられた責務であるのだ。少なくとも小野寺はそう信じていた。

「じもくよ、無理強いはせぬ。だが気が変わったら申すのだぞ」

「はい、おわかりいただきありがたや……。お詫び代わりに、ひとつだけ。――小野寺さまたちが昨夜逃がした男、あれは〝蛇《カガシ》の蔵六〟という者でござァます。銭で雇われて悪事を働く、雇われ働きの渡世人で」

「蛇《カガシ》の蔵六……。雇ったのはだれだ？」

「存じません。隠しているのでなく本当に知らないのです。――目端が利くので近ごろ名が知られておりますが、雇い主がだれかを隠すのが上手い男でござァまして」

わざわざ寄り道をしたというのに、手に入ったのは名前ひとつだけであった。

四

その後、縄張りの見回りは辰三に任せ、小野寺自身は奉行所へと赴く。

刻は四つ（午前十時）。

蒸す季節であるというのに廻り方同心十二名は詰め部屋にギュウギュウとなり、それぞれ探索の成果を披露し合っていた。

とはいえ、まだ二日目の朝だ。やれ、

「――あちこちで財布の持ち主を探したが、結局だれも知らぬという」

だの、やれ、

「――病に罹《かか》ったようにボンヤリとしている者がいると聞き、さては〝蝦蟇ちどり〟かと駆けつけたが、本当にただの病であった」

だのと、いずれもろくなものがない。

そんな中、財布を狙ったやくざ者三人を捕らえた小野寺の手柄は頭ひとつ抜けたものであった。

「――よくやった、さすがしゅうとめ！」

「――それで、どのような者たちか？」

「――お前がひとり逃がすとは、油断のならん賊であったのだな」

一同、心の底から褒め称える。――嫌われ者の〝しゅうとめ重吾〟であろうと仲間外れなどにはせず、妬《ねた》んで厭味《いやみ》を言うような者もいない。

なぜなら〝蝦蟇ちどり〟ほどの大事件、見事解決できねば全員の失点となる。今後の待遇にも関わろう。

廻り方同心も役人だ。手柄より責任が怖ろしい。ゆえに大きな事件ほど身内同士の功名争いはあまりなく、一丸となって力を合わせるのが常であった。

――その後、廻り方同心十二名は、全員で奉行所内の牢《ろう》へ行き、捕らえたやくざ者三名の詮議に立ち会う。

罪人の詮議や尋問は、廻り方でなく『吟味方』の仕事である。

吟味方、ことに罪人吟味の同心といえば世間では廻り方以上に恐怖の対象。おどしすかしの話術から殴る蹴るの暴力まで、ありとあらゆる手を尽くして真相を聞き出すことが専門だ。手続きさえすれば拷問すらも許可された。

（正直、あまり感心できぬが……）

とはいえ『悪事を働けば吟味方に拷問されるかもしれぬ』という怯えもまた、江戸の安寧を保つ一翼を担っていよう。

今回、詮議を受け持つのは木村《きむら》という吟味同心だ。がりがりの痩身ながらも六尺を越える長身で、まだ若いのに皺が目立ち、両目は深く落ち窪《くぼ》んでいる。——そんな、まるで山姥《やまんば》が男装したような悪相の持ち主であった。

「では立ち会いの方々、なにから聞き出しますかな？」

男装山姥が訊ねると、廻り方序列一位の百木が代表で、

「お任せいたす」

とのみ返事する。

餅は餅屋だ。大事件であるからこそ余計な口を挟んで邪魔したくない。

やくざ者相手の場合、手続きなしでの簡易な拷問《せめ》が許されている。

昨夜の三人は、牢で縛られたまま震えていた。額に瘤の大男は、すでに小便を漏らしていた。

気がつけば、そろそろ夕刻。

最後まで詮議に立ち会ったのは小野寺と百木のふたりのみ。他の同心たちは途中で飽きたか、見ておられぬのか、探索のため各々の縄張りへと出ていった。

男装山姥の尋問は、執拗《しつよう》かつ凄惨を極めたが――、

「まさかこやつら、ここまでなにも知らぬとはな」

百木が、ぎょろりと吐き捨てる。

下っ端の手下とはいえ、三人もいてろくに情報が得られるものがないとは。

わかったのは、たったの四つ。
・逃げた兄貴分が、蛇《カガシ》の蔵六という名であるということ。
・蛇《カガシ》の蔵六は何者かに雇われて、手下を集めていたということ。
・大元《おおもと》の雇い主については、なにも聞かされていないということ。
・隠れ家が本所《ほんじょ》の外れにあるということ。
（……蛇《カガシ》の蔵六、じもくから聞いた通りの名であったか）

さすがは江戸一番の裏聞屋。

しかし大元の雇い主についてなにもわからぬのは困ったものだ。頭に瘤の大男など、半年前から蔵六を『兄ィ』と呼んでいたにもかかわらず、どこから銭が出ていたのか考えたことすらなかったのだとか。――これは男が間抜けというより、疑念を抱かぬよう蛇《カガシ》が誘導していたためであろう。

蛇《カガシ》の蔵六、人使いが上手い。手下になにも教えぬまま使う手管《てくだ》に長《た》けていた。

本所の隠れ家にはすでに百木が小者を遣《や》ったが蔵六はおらず、手下の荷物が幾ばくか残っているだけであったという。足がつくようなものは最初からなにも置いていなかったに違いない。

（厄介な男だ……。雇われ働きの名人というわけか）

通常、雇われ働きをするのは一家も縄張りも持てぬ小粒の悪党と決まっているが、中には蛇《カガシ》のように手ごわき者もいるらしい。

いずれにせよ、探索の糸は途切れてしまった。

似顔絵の画家を呼んで人相書きを描かせたが、これといった特徴のない容貌であるため難しいのか、小野寺がちらりと見た顔とさほど似ているようには思えなかった。

五

小野寺は墨が乾いたばかりの詮議書を手にして奉行の部屋へと向かう。

この書類は与力の梶谷《かきつけ》に渡すためのものであったが、その梶谷が奉行のところにいると聞き、『どうせお奉行のお目にもかけるのだから』と、こちらから訪ねることにしたのだ。

(……うまくいけば昨夜の一件、お奉行に謝ることができるかもしれぬ)

『〝どげざさせ奉行〟となられては』などと口にしたことについて、あらためて謝罪しておきたかった。

正直なところ、そこまで悪いことを言ったとは思えぬが、それでも自分はおそらく駿河守を傷つけた。罪は贖《あがな》わねばならぬ。

相手が町奉行でなくとも彼は同じ想いとなったはず。〝しゅうとめ重吾〟は自分自身に対しても、がみがみ口うるさい姑《しゅうとめ》であった。

彼が部屋の襖の前に立つと……、

「――お奉行におかれましては、ご機嫌うるわしゅう……」

中から梶谷の声が聞こえてきた。どうやら向こうも今来たばかりであるらしい。

しかし、妙に丁寧でよそよそしい挨拶ではないか。

気になって襖の隙間から中を覗けば、そこには驚くべき光景があった。

（土下座⁉　なにゆえ梶谷様が『ど』の字を？）

梶谷が畳に手を突き、深々と頭を下げていたのだ。

奉行は昨夜と同じく、むすり顔。

「梶谷よ、なにゆえ土下座をする？」

「はて、異なことを。これは単なる辞儀。挨拶で頭を下げただけにございます」

「そうか……。では、もう顔を上げよ」

「はっ。ですが、もうしばらくこのままで。実は昨日徹夜したためか腰が痛く、この姿勢が楽なので」

「……なるほど、役目で徹夜したためとあらば仕方ない。だが、なるべく早く頭を上げるのだぞ」

牧野駿河守の面持ちに、次第に苛立ちの色が広がっていく。

おそらくは『羨ましい』の苛立ちだ。

自分は土下座を禁じられているのに、なにゆえお前は頭を好きに下げられるのか。

──そんな八つ当たりめいた羨望が、面相に出てしまっていたのだ。

もはや寝ぼけえびすの顔ではない。

（梶谷様、わざとであるな。昨夜、土下座禁止の話を立ち聞きしておられたから）

普段から牧野駿河守をよく思っておらぬ梶谷が、この機とばかりに嫌がらせをしていたらしい。

酒断ちをしている者の前で一杯やるのを見せつける悪戯《いたずら》でもあるまいし。

「イヤ、しかしお奉行、この姿勢も悪くないものですな。不思議と気分が晴れまする。梅雨どきで雨でなくとも空は曇り、風は湿気っておりますが、それでもこうしていると心の内だけは青く澄み切るよう」

「うむ、そうか……」

「そういえば医薬に詳しい鈴木のやつめが言っておりましたが、赤子は母親の胎《はら》の中で十月十日、この姿勢で過ごすのだとか。それを思うと、気持ちが安らぐのも道理というもの。──いや善《よ》き哉《かな》、善き哉」

「そうか……うむ、そうであろうな……」

梶谷の意図は察しがつく。

奉行に『ならば儂も』と土下座をさせようとしていたのだ。

（梶谷様、まさかそこまでなさる気とは！）

もし本当に土下座をすれば、老中や〝大御所老〟に告げ口できる。

老中たちの命に背いたとなれば町奉行の職は罷免。下手をすれば閉門や切腹といった処罰すらもあり得よう。——奉行を嫌っているのは知っていたが、そこまで憎んでいるとは思わなかった。

（しかも今とは！　〝蝦蟇ちどり〟から江戸を守らねばならぬ今このときに！）

小野寺は、江戸の太平よりも役人の都合や私的な恨みを重んじる梶谷のことが腹立たしく——、

「お奉行、梶谷様、ご無礼を！　昨夜の男どもの詮議書、ご覧いただきたく存じます！」

声を荒らげて、がらり、と勢いよく襖を開けた。

梶谷の目論み《もくろ》を邪魔してやったのだ。

「梶谷様、こちらの書類《かきつけ》、すぐに目を通していただきたい」

「う……うむ、小野寺わかった。すぐ読もう」

小野寺と梶谷はふたりそろって廊下に出ると、どちらからともなく人気《ひとけ》の少ない物置の方へと歩いていく。

そして、ふたりそろって周囲を見渡し、だれもいないのを確かめるや――、

「梶谷様、なんのおつもりでございますか！　江戸の一大事であるというのに！」

〝しゅうとめ重吾〟が上役である梶谷を叱った。

若き同心に怒鳴られて、梶谷は困り眉にて「うむむ」と唸る。

「うむむ、無論そうであるのだが……。いや、わかっておるのだ！　今、そのようなことをしている場合ではないと！　正しいのはお前である！　〝蝦蟇ちどり〟の一件でしくじれば我ら廻り方一同、与力も同心も問わず、立場が危うくなるであろうからな！」

町奉行所与力の地位は世襲であるが、大きな場面でしくじれば花形である廻り方の任を解かれ、閑職の与力に回されるかもしれぬ。

役人気質の梶谷にとって最も忌むべきことであるはずだ。

「だが、それはそれとして牧野駿河守様は奉行所の秩序を乱す存在であられる……。今が江戸の一大事であるのはわかっておるが、同時に今こそ千載一遇の好機！　今しかない！　〝蝦蟇ちどり〟の探索と同様、今このとき、やらねばならぬことなのだ！」

「だから、お奉行に『ど』の字をさせてご老中様に告げ口なさるのですか？　さすればお奉行はご罷免、うまくいけば腹を切らせることもできると？」

「い……いや、そこまでする気はない。怖ろしいことを言うな。――そうでなく『告げ口いたしますぞ』と脅すだけのつもりよ。さすれば今のお奉行を、余計なことをさせぬよう意のままに操ることができるのだからな」

『奉行を意のままにする』が『奉行に余計なことをさせぬ』の意であるとは。この人物、性根の底まで役人根性が染みついている。

その気になれば、もっと私利私欲にて悪事の限りも尽くせように。――このあたり、小野寺が梶谷を軽蔑しきれぬ理由であった。

「しかし梶谷様、意のままにと申されますが……たとえば、まずはなにをお奉行にお命じで？」

「それは――まず最初は決まっていよう。軽々しく『ど』の字をするなと頼むのだ」

「『ど』の字はすでに禁じられておりますが」

小野寺の返しに梶谷は、

「……あっ」

ただ、ぽかんと口を大開きにさせていた。

どうやら初めて気づいたらしい。やはり軽蔑しきれぬ男だ。

（さては梶谷様、〝蝦蟇ちどり〟による急な多忙と〝土下座禁止《どげざきん》〟によるいきなりの好機で、やや混乱しておいでなのだな。わけがわからなくなっておいでなのだ）

牧野駿河守の町奉行就任以来、この与力はずっと心労続きであった。

花形というのは多忙と同義。廻り方を率いる梶谷は、見た目以上に疲弊し切っていたのであろう。――多少の混乱も、やむを得ぬことであった。

「と……とにかく小野寺、邪魔をするなよ！　お奉行にも言ってはならんぞ！」

梶谷は小野寺の手から詮議書をひったくり、与力部屋へと去っていく。

奉行に言ってはならんというが、どうせ奉行も気づいていよう。

六

その後、日もとっぷりと暮れたころ。

廻り方同心一同十二名は奉行所に集まり、おのおの探索の成果を報告した。

人相書きの写しも配り、明日からはこの顔を江戸中で探すこととなる。

これにて〝蝦蟇ちどり〟の探索二日目、終了だ。

昨日は初日だけあって夜通しで聞き込みを続けた者も多かったが、連日徹夜では体が持たぬ。一同、本日は早めに切り上げることとした。

――ただ、昨夜よりも早いとはいえ、表に出ればとっくに真っ暗。

五月の曇った夜空の下、同心たちは提灯《ちょうちん》を手に屋敷へ帰る。

十二名とも八丁堀に住んでいるのだから連れ立って歩けば提灯はひとつで済み、蠟《ろう》燭《そく》代も節約できるというものだが、そうもいかぬ。

廻り方の慣例として夜回りを兼ね、別々の道にて帰宅することとなっていた。

縄張りが近くの者などは、軽く見廻りしてから帰ることが推奨されている。――普段なら気にせず、気の合う同心同士で連れ立って一杯飲みに行くことも多いのだが、皆〝蝦蟇ちどり〟の件で気が張っており、また不謹慎だと責め立てられることを怖れ、ばらけてそれぞれ屋敷を目指した。

ちなみに小野寺の縄張りは上野の隅。奉行所からも八丁堀からもだいぶ離れていたものの――、

（ハマジとトメの夫婦、また襲われぬかと怖くて震えておらぬだろうか。財布はないと相手も知ったことであるし、番屋にも見張っておくよう命じてあるので、平気であるとは思うのだが……）

魚屋夫婦が気にかかり、一度様子を見に行くことにした。

いつもなら表で待っている辰三もとっくに帰したあとである。このところ帰りはいつもあのつるつる仏頂面猪と一緒であったから、一人歩きはひさびさだ。

八丁堀は北町奉行所から南東へ十町のところにあるが、小野寺は反対側の北へ北へと小走りで向かう。——縄張りまで約一里。昼間見廻りをしなかった分、足腰の鍛錬にちょうどいい。

気がつけば、不忍池《しのばずのいけ》の蛙の声がかすかに耳までげこげこ届く。

空は雲の切れ間にかかったらしく、月が頼りなげに足元の闇を照らしていた。

ちょうど提灯の蠟燭が消え、新しいものに替えようか、それとも吝嗇《けち》をして月を頼りに歩こうか、しばし迷ったときのこと……。

「——なにしてやがンだ、この野郎ども！」

道の一町ほど先から、けたたましい声が聞こえた。

女の声だ。夜目を凝らせば、うすら月光の下に影五つ。

ふたつは女、三つは男。

ひとつめの女の影は、おそらく夜鷹のものであろう。

小野寺も見知った皺だらけの醜女《しこめ》夜鷹だ。もちろん買ったことなど一度もないが、この界隈《かいわい》を夜に通るといつも遠慮がちに立っている。――ただ、今夜は道の真ん中にて、オイオイ泣きながら倒れていた。

その脇に立っていたのが男の影三人分。

こちらはいずれも見知らぬ顔だ。派手な着物を着崩した、遊び人風の若者ども。酔っているのか、やや足元がおぼつかない。おそらくは、この男どもが皺顔夜鷹を蹴り倒しただか殴り倒しただかしたのであろう。

そして最後に、ふたつめの女の影だが――。

「――大の男が三人がかりでさァ、夜鷹の婆《ばあ》さんをいじめてんじゃねえってンだ！」

小野寺とは反対側の道から駆け寄ってくると、一番近くにいた男の顔の真ん中を、

――たんッ、ぱぁんッ

と拳で殴りつけたのだ。

（……いい音だ。素人《しろうと》ではないな）

音はふたつだが、殴った回数は一度のみ。

最初のたんッは地の鳴った音、次のぱぁんッが顔面の鳴らした音だ。前にも小野寺が十手でやったが、拳というのは足で打つ。

うんと速さと目方の乗った拳突きは、このような音がするものだった。

酒が入っていたところに、こんな一撃を喰らったのではたまらない。男はたったの一発で顔を押さえてうずくまる。鼻骨が折れているかもしれぬ。

ただ、それより気になったのは、殴った側の女のことだ。

あの声、知っている。前にも聞いたことがある。

月に照らされた姿もだ。一町そこいら離れていようと見間違いなどするものか。

あれほど癖のある姿、そうそう他にあるはずがない。

（あやつ……いつぞやの狸か！）

髷を作らぬ下げ髪に、季節外れの桜の着物。

一昨日見かけた、あの蓮っ葉狸であった。

ただ者でないと思っていたが、腕にも覚えがあったとは。とはいえ――、

「──このアマ、なにしやがんでぇ！」

「──オウ、ぶっ殺す！」

男たちの方も酔っているため気が大きい。

残りのふたりは、片方はちょうど落ちていた棒切れを拾い、もう片方は懐から刃物を取り出す。長さからして匕首ではなく職人が使う小刀らしい。それでも切りつけられればただでは済むまい。

（いかん、助けねば──!!）

狸も堅気の娘に見えぬとはいえ、このまま捨て置くわけにはいかぬ。

小野寺は十手を手にして駆け出すが──、

「ははッ、かかって来いよ。この〝げんこつ咲《さ》く良《ら》〟が、てめえらのツラに花ァ咲かせてやっからさァ！」

口上の途中ですでに、狸娘の右拳骨《げんこつ》は刃物の男へ伸びていた。

またも顔の真ん中めがけ、たんッ、ぱぁんッ、と鳴る強烈な一撃。次の瞬間、男は痛みで手から小刀を取り落とし、自らも湿った地面にへたり込む。

同時に隣の棒きれ男も「うおッ」と呻《うめ》いて地に伏せた。仲間の尻もちに気を取られていた隙に、無防備な膝に女下駄による一撃を叩き込まれたのだ。

この間、わずか三つ数える程度。

小野寺がたどり着いたときには、男ふたりはとっくに無力化せしめられていた。

(なるほど、これが『ツラに花ァ咲かせてやっから』なのだな)

殴られた男たちの顔面に、拳の痣ができていた。

そのほんのり紫がかった赤色は、まるで満開の芝桜。

垂れた鼻血も、さながら風で散った花びらのようであった。

(『げんこつさくら』と申していたが、あれが蓮っ葉狸の名前であるか)

あるいは男たちが地でのたうち回る、この惨状を指す言葉であったか。

ともあれ駆けつけた小野寺が、

「お前たち、なんの騒ぎであるか!」

と声を上げて十手を抜くと、男たちは跳び起きて、

「――いけねえ同心だ!」

「――オイッ逃げるぞ！」

などと叫びながら這うようにして逃げていく。

相手は思ったよりも元気のようだ。蓮っ葉狸も多少は手加減したらしい。

夜闇の中で、すぐに男たちの姿は見えなくなった。

「へへ、ざまぁ見ねえ。――オウ、十手持ち、あいつら追っかけねえのかい？」

「いいや、追わぬ。騒ぎを大きくすれば殴ったお前もお縄になるぞ。――それに今私がこの場を離れれば、あの男どもがこっそり仲間を連れて戻ってきて、お前やそこの夜鷹に仕返しをするかもしれん」

「ふぅン。いろいろ考えてンじゃねえか。わっちはいいけど、夜鷹の婆さんがまたいじめられちゃあ気の毒だかンな。ま、あンがとよ。――それと、また会ったな〝しゅうとめ重吾〟。瘤の具合はどうだい？」

「まあまあだ。『げんこつさくら』がお前の名か」

「オウともよ。花が咲くの『咲く』と、良し悪《あ》しの『良』で、さくらって読む。字で書くとこうさ。見えるかい？」

げんこつ狸はその場にしゃがみ、地面に指で『咲く良』と書いた。

月明かりだが、どうにか読める。思いのほかに字が上手い。

珍しい名だ。さっき自分を『わっち』と呼んだが、もしかすると母親が芸者か遊女であるのかもしれぬ。あの界隈は独自の名づけをするものだ。

それと土に字を書く右手には、小野寺の目を引く点がもう一つ。

桜の花びら模様の手ぬぐいを、固く拳に巻いていた。

「その手ぬぐいの巻き方。『げんこつ』と名乗るだけあって、だいぶ喧嘩慣れしているようだな」

「わかるかい？　さすが十手持ち」

わかる。殴った際に拳を痛めぬよう巻いたものだ。手の皮を切らぬように固く、そして肉や骨を痛めぬように厚く巻いて弾力を持たせる。

この弾力のおかげで、相手を拳突きする際、力を一切加減せずに済む。——手ぬぐい越しの拳は、同じ重さの石で殴ったときより強烈な打撃になるという。

柔術の道場でたまに教えている手法だ。本当かどうかは知らぬが戦国の世の足軽が、槍《やり》を捨てて敗走する際に編み出したものであるのだとか。

「その手ぬぐい拳骨は武器と同じだ。人に振るえば罪に問われても文句は言えんぞ」

「罪ぃ？　オイ待てよ。わっちゃあ悪ィことなんてしてねえぞ。——そこの夜鷹の婆さんを助けてやってたんだよ。さっきの男どもが『せっかくいい心持ちで酔ってるってぇのに婆《ばば》あが声かけてくるんじゃねえ』なんぞと抜かして、婆さんを蹴っ倒しやがるからよォ」

おおよそ想像した通りのいきさつであった。

夜鷹というのは弱い立場の女たちだ。殴られる、蹴られる、代金を踏み倒されるといったいざこざは常に絶えない。特に年嵩《としかさ》の醜女ともなれば、飲み屋帰りの酔っ払いに面白半分で怪我をさせられることも少なくなかった。

（それを守ってやったとは。――この〝げんこつ咲く良〟とかいう蓮っ葉狸、恰好は奇矯《ききょう》だが心根はどうやら真《ま》っ直《す》ぐらしい）

はすっ葉で、姿はききょう、名はさくら。

武器もこぶしで、花づくしとは。

「まあ、よい。とりあえず私と来い。詳しい話を聞かせてもらおう」

「あんたとかい？　ははッ、十手持ちに話すことなんざなンもねぇぜ」

「いいから来るのだ。それと、そこの夜鷹に謝っておけ」

「ハ？　謝る？　なんでさ？　婆さんを助けてやったと言っただろ」

「違う」

「なにがさ？」

「その夜鷹、気苦労と疫《えやみ》の痕で老けて見えるが、まだ歳は四十前だ。『婆さん』と呼んだことを謝っておけ」

七

小野寺が、蓮っ葉狸こと〝げんこつ咲く良〟をその場から連れ出したのは、ふたつばかり理由があった。

一つは、先ほども少し触れたように、仕返しを怖れてのことである。

逃げていった男どもは本職の渡世人には見えなかったが、ただの堅気の者でもあるまい。半ぐれ者のちんぴらだ。——あのような者たちは仲間が多く、やがて大勢を引き連れ戻ってくるかもしれぬ。

この咲く良でも、拳骨ひとつで勝てる数には限度があろう。

夜鷹の方にも小銭をやって、今夜はもう仕事をせずに帰るよう申しつけた。当人は渋っていたが、身の安全には代えられまい。

それと、もう一つの理由であるが……。

「狸よ、このまま——」

「たぬき⁉」

「……言い間違えた。咲く良よ、このまま奉行所に来てもらうぞ」

「そこいらの番屋でなくて奉行所にかい？　ずいぶん仰々しいじゃねえか。──つうか、どうして狸？　そんな言い間違いあるかァ？　もしかして……あんた、わっちのこと陰でずっと狸と呼んでたんじゃねえだろうな⁉　なンで？」

「気にするな。それよりも、来てもらう理由だが……」

「いいや気にするね！」

「だが、それより来てもらう理由だが──お前が昨夜、蛇《カガシ》の蔵六の手下を殴り倒したからだ」

昨夜、つるつる猪の辰三が言っていた。

蛇《カガシ》の蔵六とその手下を尾行《つけ》た際、見覚えのある女が蛇《カガシ》らに喧嘩を吹っかけ、手下の方をぶちのめすのを遠目に見たと。

「身に覚えがあろう？　殴られた男も『下げ髪で桜柄の女にやられた』と申しておった。──なぜ、そんなことを？　知り合いか？」

「ああ、昨夜のかい。知り合いでもなんでもねえよ。蔵六って名前も今知った」

「では、どうして？」

「別に。ただ人相が悪ィのが走ってたんで、ぶん殴ってやったのさ。こりゃ盗人かなんかだろって」

「乱暴者め」

その程度で盗人扱いされてはたまらない。昨夜はたまたま悪人の手下に当たったが、一歩間違えれば辰三が代わりに殴られていた。

「しかし、逃げた男の顔は見たのだな?」

「ああ、見たとも。チラッとだけな」

「まあ、それでも構わん……。奉行所でそやつの人相書きを作ったのだがな、今一つ出来が心配なのだ。ちゃんと似ているかどうか、お前にも見てほしい」

「ふぅン、人相書きねえ」

人相書きは、嘘ではないが口実だ。

それよりも本当は、身柄の確保が目的だった。

話しぶりからして蛇《カガシ》の蔵六と知己でないのは本当らしいが、だとしても『ハイそうですか』とあっさり帰すわけにはいかぬ。根掘り葉掘りいろいろ聞かねば。

今は、どれだけか細い手がかりだろうと必要なのだ。

(とはいえ、この蓮っ葉狸のことだ。簡単には来てくれまい……)

もう一悶着《ひともんちゃく》くらい必要かと覚悟をしていたのだが――、

「……じゃ、つまりはお奉行サマのお手伝いってわけかい？　ははッ、いいぜ。見てやろうじゃないか」

意外なことに、思いのほか素直に言うことを聞いてくれた。ありがたい。

――それと、咲く良を連れていく理由はまだあった。

この狸娘の身を守るため。

最初の理由と同じであった。さっきの酔っ払いどもと同様、蛇《カガシ》の蔵六も狸娘に仕返ししようと狙っていよう。

いや、酔っ払いどもとは比べものにならぬほど本気で狙っているはずだ。

年端も行かぬ小娘のせいで、自分もその場にいたというのに手下を捕らえられたのだ。蔵六としては大恥となる。――その程度の雪辱も果たせぬ男、だれが銭を払って雇うというのか。

咲く良を野放しのままでは闇の渡世で生きていけまい。

「よぉ、手伝ってやるンだからさ、噂の〝どげざ奉行〟に会わせておくれよ」

「さあ、どうしたものかな。一応、お奉行に頼んでみよう」

幕間の参

〝げんこつ咲く良〟に親はいない。

母親は五年も前に病で死んだ。芸者上がりの妾《めかけ》であった。

父親は、もっと昔に彼女のもとから消えていた。

父は身なりのよい侍で、十日に一度ほどの頻度で母のもとを訪れては、幼い咲く良と三人で普通の家族のように刻を過ごした。

だが、それも彼女が六つのときまで。

ある日を境にぱったり姿を見せなくなった。母の葬式にも来なかった。

最後に父を見た日のことはよく憶えている。

咲く良はあのとき、侍のあんな姿を初めて見た。あの日以降も見ていない。

『――どうか、どうかこのとおり！』

土下座であった。
母と自分に土下座をしたのだ。

肆「蓮っ葉だぬきと蝦蟇ちどり（後編）」

一

夜九つ（午前零時）。夜鳴く鳥も鳴きやむ頃合い。

小野寺《おのでら》が咲《さ》く良《ら》を連れて奉行所に戻ると、同心序列一位の百木《ももき》はまだ残っていた。

「百木殿、お帰りになられなかったのですか？」

「一度帰った。俺が帰らねば他の者たちも帰れんからな」

ひそかに戻って仕事を続けていたという。

それどころか、つい先ほどまでは与力の梶谷《かじや》も残って書類《かきつけ》をまとめていたのだとか。

――長く働けば偉いというものでもないだろうが、さすが人の上に立つ者はよく働く。

「小野寺よ、お前こそだ。昨夜に続いてこんな遅くにどうしたのだ？」

「はい、実は……」

行灯《あんどん》のもと、話を聞いた百木は――、

「よし、でかした！」

昨夜と違い、小野寺を素直に褒めた。

普通、喜ぶときは目を細めるものであろうが、この序列一位は逆に、普段以上に目をぎょろりと剝《む》く癖がある。眼球に行灯が照り返し、異様な光を発していた。

「それで、その娘はどこにいる？」

「玄関のところにおります」

外部の者を軽々しく奉行所の中へと上げるわけにはいかない。まして咲く良は町人で、拳が凶器の乱暴者。

そこで小野寺は、咲く良をとりあえず玄関で待たせ、町人客用の座敷でも空いていないか探していたところで百木とばったり会ったのだ。玄関ならば不寝番もいる。安全であるし、ふらりとどこかへ行ったりもできまい。

「そうか。うむ。すぐに部屋を用意する。人相書きを見てもらえ。――それと、その後はどうするつもりであった？」

「ほとぼりが冷めるまで奉行所に寝泊まりさせようかと。蛇《カガシ》の蔵六《ぞうろく》に狙われているかもしれませぬので」

といってもあの狸娘《たぬき》、何日も奉行所内でおとなしくしているたまとは思えぬ。実質、無理やり閉じ込める形になろうが、それでも本人の身のためには仕方あるまい。

いざとなったら牢《ろう》に畳と布団を敷いて、押し込めてしまうほかはなかった。

百木にそのことを話すと――。

「そうはいうが、牢は今、蛇《カガシ》の手下どもが入っているのだぞ。忘れたか?」

そうであった。

奉行所内の牢は『仮牢』といい、せいぜい三、四人しか入れぬ広さである。ちなみに『本牢』は小伝馬町《こでんまちょう》の獄舎のことだ。

咲く良を連れてきたのは蛇《カガシ》の蔵六から身を守るためであるのに、その蛇《カガシ》の手下と同じところに入れるわけにはいかぬ。

「では、どこか適当な座敷か、住み込み女中用の長屋にでも」

「それも、ちょうどいい空きが無い。さて、どうしたものか……」

百木は腕組みしつつ、小野寺の顔をじっと見る。

ずっと目を大きく剝いたままだ。この男、いつ瞬《まばた》きをしているのであろうか。先ほどから、ずっとぎょろりとしっぱなしであった。

やがて、ぽん、と手を打つ。

「そうだ小野寺よ、お前のところで預かってやれ」

「私の屋敷ですか？」

「うむ。たしかお前、妹御がおったろう？　それなら若い娘を泊めても悪い噂《うわさ》などは立つまい。向こうも『歳《とし》の近い娘がいるなら』と気兼ねせずに済む。――なにより剣豪小野寺がついているのだ。奉行所よりも安全であろう」


その後、小野寺と百木は、咲く良を廻《まわ》り方同心の詰め部屋へと呼ぶ。

「いよいよ噂の〝どげざ奉行〟サマに会わせてくれんのかい？」

「いいや。夜遅いゆえ、お奉行はもうお休みだ。また別のときに聞いてやろう」

安請け合いであしらって、咲く良に人相書きを見せてみた。

その後、四半刻《しはんとき》ばかり『もう少し目は小さかった気がする、もっと鼻は大きかったように思える』などといったやり取りをしたのちに百木は――、

「なるほど役に立ったぞ。ありがたい。続きは明日、絵描きの先生が来てからにしよう。――小野寺よ、例の件」

と大眼《おおまなこ》にて目配せをする。

咲く良をどこに泊めるかの件だ。実のところ、小野寺としてはあまり気乗りしていなかったが、それでも序列一位の同心に命ぜられては断れぬ。

「は……。咲く良よ、今夜はうちの屋敷に泊まるがいい」

「あんたンとこかい？　どうしてさ」

「こんな遅くに年ごろの娘を放り出すわけにはいくまい。本当は奉行所に泊める気でいたのだが空き部屋が無くてな。——それに、たしか以前、家が無いと言っていたろう？」

「わっちかい？　ああ、無いよ」

「いつもはどこで寝ているのだ？」

「ま、あちこちさ。空き家や古寺の軒下、橋の下ってとこかね」

若い娘と思えぬ暮らしだ。あぶなっかしいことこの上ない。

こやつ、獣か？　まさか本物の狸ではあるまいな？

「だったら我が家に来い。橋の下よりはましなはずだ。布団と夜着で寝かせてやるぞ。朝飯も出してやるし、着物も洗濯してやろう」

「ははッ、悪くねえ。ついでに夜食もつけてくれよ。ちいと小腹も空《す》いてんだ」

蓮《はす》っ葉《ぱ》狸は桜の花びらがごとき唇で、不遜不敵に笑っていた。

もしかすると小野寺が気乗りしていないのを察したからこそ、からかうつもりで泊まると決めたのかもしれない。

だとすれば、やはり本物のいたずら狸だ。――小野寺の眉間に皺《しわ》が寄り、それを見た咲く良の唇はよりいっそう綻《ほころ》びた。

咲く良を連れて、今度は八丁堀《はっちょうぼり》の同心屋敷へと帰る。

木戸を叩《たた》くと、妹の八重《やえ》が眠い目を擦《こす》りながら開けてくれた。

「兄上、こんなに遅くまでお疲れで……。そちらのお方は？」

「ゆえあって泊めることになったのだ。なにか食わせてやってくれ。私は客間に布団を出してくる」

八重はいぶかしげなまなざしで、兄の連れてきた女を眺めやる。――妹の顔は眠気のためか、どこか機嫌悪げに見えた。

一方、当の客人である咲く良はといえば、

「へへッ。まあ、よろしく頼まァ」

と、またも例のいたずらめいた笑み。

その後、咲く良は小野寺のために作り置いてあった味噌《みそ》の握り飯ふたつと鰯《いわし》の煮つけをぺろりと平らげ、客用の布団で眠りにつく。

八重は、兄とよく似た眉になっていた。

二

夜が明ける。

同心たちにとっては〝蝦蟇《がま》ちどり〟の探索、三日目の朝だ。

いつもであれば小野寺は夜明けと共に起き、庭で木刀を素振《すぶ》りするなど朝の鍛錬に精を出す。

だが、今朝は違った。昨日、一昨日と夜更かしが続き、疲れが溜《た》まっていたらしい。

——とんとんとんとん
菜っ葉を切る包丁の音で目を覚ました。

妹の八重と、辰三《たつぞう》のところのおすゞが朝餉《あさげ》の仕度をする音だ。――ということは、六つ半（午前七時）は過ぎていよう。すっかり寝坊をしてしまった。

小野寺は寝間着の浴衣姿のまま台所に顔を出す。

「八重、顔を洗う。水をくれ」

「……どうぞ、勝手に持っていかれてはいかがです」

気のせいか、八重が妙にそっけない。ちょうど飯を釜から櫃《ひつ》に移しているところであったとはいえ、目も合わせてくれぬとは。

ついでにおすゞも一緒になって目を合わせぬまま味噌汁を作っていたが、これは八重につき合っているのであろう。

（ははあ、さては夜中に起こしたので怒っているのだな）

夜半過ぎに叩き起こして、やれ客に夜食を用意してくれだの、やれ朝になったら客人の着物を洗ってくれだのと、さんざんこき使ったのだ。拗《す》ねて当然かもしれぬ。

「八重よ、その……ゆうべはすまぬな。助かった」

「いいえ、あのくらい大したことでは……」

ねぎらうと、少しだけこちらに顔を向けてくれたのだが――、

「ときに、あの客人はどうしている？」

「……存じません。ご自分で客間を見て来られては？」

また、ぷいっ、とふたりそろって櫃や鍋へと向き直る。客を気にかけたのが悪いというのか？　やりづらいこと、この上なかった。

己《おの》が妹とはいえ、女の気持ちはわからぬものだ。

（……しかし、見て来いと言われても困るぞ）

『客間を見て来られては』ということは、まだ部屋から出てきていないということだ。見るからにだらしのなさそうなあの夜歩き狸、きっとまだ眠っていよう。様子は気になるが、年ごろの娘が寝ている部屋の襖《ふすま》を軽々しく開けるわけにはいくまい。

小野寺が困っていると……。

「なァ妹殿、わっちの着物どこやったンだい？」

当の咲く良が、ふらりと台所にやってきた。

それも寝間着用の白い薄襦袢《うすじゆばん》一枚という姿であった。

「な、なんですか！　はしたない恰好《かっこう》でうろつかないでくださいませ！」

八重は咄嗟《とっさ》に兄の顔へと跳びかかり、米粒がついたままの手のひらで目を塞《ふさ》ぐ。

まぶたのあたりにべとりという不快な感触。

「いや、わっちだってこんなカッコで余所《よそ》サマの家を歩きたかねぇよ。けど自分の着物が見つからねぇんだ」

「朝一番で洗いました！　乾かしていますから私のものをお使いください」

「そうかい、悪ィな。この襦袢もあんたからの借りモンだし、なにからなにまで世話になっちまった」

なるほど。小野寺は『蓮っ葉女のくせに白の薄肌襦袢とは、ずいぶん品のよいものを着て寝るのだな』などと意外に思っていたのだが、八重のものであったのか。

「いいから客間に戻ってお着替えなさいな」

「オウ、そうすらァ。しっかし味噌汁、いい匂いさせてんな。味噌がいいのか？　こりゃ楽しみだ」

「いいから、さっさと！」

薄々予感はしていたが、どうやら八重は、咲く良とあまり馬が合わぬようだ。

仕方あるまい。この妹は、兄に負けず劣らずの姑《しゅうとめ》気質。〝こじゅうと八重〟が、あのがさつ者の蓮っ葉狸と仲良くするのは難しかろう。

咲く良が客間に戻り、八重も着物を用意するため台所から一旦離れ、あとは小野寺とおすゞのふたりきり。

するとと急におすゞが、

「兄旦那さま、さしでがましいことかもしれませんが……」

と、神妙な顔。

「どうした？」

この娘、いつも八重の味方であるから、さては『急にお客を連れてこないでください』と叱る気か？　小野寺は思わず身構える。

しかし実際に発された言葉は予想とまったく異なるものであった。

「あのお客様、もしかして〝げんこつ咲く良〟じゃありませんか？」

「あやつを知っているのか⁉」

まさか十歳の童女が、狸娘の名を知っていたとは。

「名前と噂は……。姿は、陰から一度見たきりです」

「なんと。おすゞにはいつも驚かされるな」

小野寺は昨晩、序列一位の百木と共に、咲く良が何者なのかを聞き出そうとした。どこでなにをして暮らし、どのような者と交流があるのかなどを。

なのに、あの娘、のらりくらりと誤魔化すばかり。

無理に問い詰めて機嫌を損なわせては元も子もないため、仕方なくうやむやのままにしていたのだが……。まさか、こんなところで正体がわかろうとは。

「おすゞよ、教えてくれ。あの咲く良とやら何者なのだ？」

「同心さまたちは知らなくても当たり前でしょうが、あの〝げんこつ咲く良〟、町人の若い娘の間では、ちょっとしたかおのお人です。――ご存じの通り、あたしはもともとかんざし屋の奉公人でしたから、それで名前を聞いていました」

「かんざし屋の客であったのか？」

「ううん、用心棒です」

女であるのに用心棒とは。だが、あの腕っぷしなら納得だ。

「〝げんこつ咲く良〟は女用心棒……というより、女の人専門の用心棒です。女同士の喧嘩《けんか》の助《すけ》っ人《と》をしたり、女に悪さをした男を懲らしめたり。あとはかんざし屋や着物屋に『傷がついていた』『ぼったくられた』なんて文句をつけたい女客が、ひとりだと怖いからと雇ったりもしていました」

それでかんざし屋の奉公人が知っていたというわけか。

おすゞのもと勤め先は客からの評判のよい店であったが、それでも値の高い品を扱う以上、文句くらいは出るのであろう。

「たしか用心棒代は銀一分……。ただ、銭のない女の場合、ご飯を食べさせるとか家に泊めるとかでも引き受けると聞いてます」

「そうか、いろいろ得心いった。あの娘、家のない野良狸のわりには身なりが綺麗《きれい》であったからな」

ちゃんと風呂には入っており、髪も手入れしているようで、並んで歩くと鬢《びん》づけ油のよい香りがする。

着物も『家がないというなら、ろくに洗っておらぬだろう』と八重に洗濯を頼んだが、別段汚れていると思ってはいなかった。

「不思議に思っていたのだが、家なしとはいえ毎晩野宿というわけではなかったか」

「……家なし、ですか？」

小野寺の言葉に、おすゞはきょとんと不思議そうな顔をする。

「家なしらしいぞ。自分で申していた」

「では、今はそうなのでしょうか？　前にあたしが聞いたところでは、〝げんこつ咲く良〟といえば浅草《あさくさ》の……」

——その後、四半刻もせぬくらい。

小野寺は身支度を済ませ、その間に小者《こもの》の辰三もやって来て、八重とおすゞ、さらには客人咲く良の計五人で朝飯にする。

辰三は咲く良の姿を見て、奥まった目を丸くしながら驚いていた。つるつる猪《いのしし》と蓮っ葉狸の御対面だ。

「旦那、そんなことになってたんなら、夜更けだろうとあっしに声をかけてくださらねえと困りやす」

「うむ、すまぬな」

とはいえ、この猪を夜中に起こせば幼いおすゞも起こしてしまう。小野寺はそれゆえ遠慮をしたのだ。おすゞを寝不足にさせれば、自分たちの朝餉の質にかかわろう。

今朝の献立は、雷豆腐に胡瓜《きゅうり》の浅漬け、菜っ葉の味噌汁。

雷豆腐というのはごま油で豆腐を炒《い》って葱《ねぎ》をたっぷり加えたもの。豆腐を炒る際、水気が油で弾《はじ》けてばりばりと雷に似た音を鳴らすのが名前の由来であるのだとか。

一杯飲み屋の肴《さかな》のようだが、みりんを効かせた味付けのおかげで飯に合う。咲く良などは美味《うま》い美味いと三杯も飯をおかわりしていた。

「おすゞつったっけ？　あんた、がきのくせに美味い飯を作るねぇ」

「……どうも」

照れるおすゞの横で、なぜか得意げな顔の八重。——どうやら、おすゞの手柄は自分の誉《ほま》れであるらしい。納得いかぬが、妹の機嫌が直るというならありがたい。

ただ小野寺としては、八重の機嫌よりも別に気になることがあった。

(狸娘め、がさつなようで意外にも行儀がよいな?)

わざとがつがつ粗野な男のように食べてはいたが、箸の持ち方は正しいし、『おかわり』と差し出す茶碗《ちゃわん》に米粒が残っていない。

背筋もしゃきりと伸びていた。

(こやつ、どこかで作法を習ったな? 母親からか?)

芸者の母親から行儀作法を習ったのだろうか? それとも——。

(飯の食べ方のみで判断はできまいが、芸者や町人の作法というより武家女のそれに近いか……?)

箸の上げ下げが、わずかに八重と似ている気がした。

三

やがて飯も食い終え、額に軟膏《なんこう》を塗って、晒《さら》し布も巻き直したのち、小野寺と辰三は奉行所へ向かうことにした。

「咲く良よ、お前も来い。似顔絵描きの先生の前で、昨夜と同じ話をするのだ」

すなわち彼女の見た蛇《カガシ》の蔵六の顔の話を。

だが、当の咲く良は――、

「朝からかい？　まいったねぇ」

と、なにやら不服そうな顔。

多少は作法を心得ていようが、やはりだらしのない蓮っ葉娘。朝は二度寝をしたいのだろう。――と小野寺は思っていたのだが、どうも理由が違うらしい。

「わっちの着物が乾くまで、チョイと待っちゃあくんねえかい？」

「着物？」

もともと着ていた桜柄の着物のことか？

だが、あれは先ほど洗ったばかり。乾くのは昼ごろであろう。

「今、着ているもので構うまい？　安物とはいえ似合っているぞ」

八重から借りた淡藤《あわふじ》色のかすりで、紫陽花《あじさい》を思わす色合いがこの季節に合っている。

——少なくとも、季節外れの桜柄よりずっとよい。

「それとも、うちの妹の着物は不服か？」

「いンや……。ところでお奉行サマは朝からいるのかい？」

「お奉行か？　いいや、午前はお留守だ」

千代田のお城に行くはずだ。

町奉行の登城は二日か三日に一度ほど。今日はお城の日であった。

「そうかい。そンなら、この着物で行くとすっか。妹殿にも悪ィしな」

「……？」

なぜ奉行が留守だと、淡藤のかすりでも構わないのか？

小野寺は腑《ふ》に落ちなかったが、話を長引かせても面倒だ。黙って連れていくことにした。

「おーお、朝から出歩くなんて久しいねぇ。いつも夜にばっか出歩いてるからさァ」

表に出ると空は晴れ。この季節には珍しく雲ひとつない。——まるで、この娘には曇り空など相応《ふさわ》しくないと、天が気を利かせているかのようであった。

しばし歩いて屋敷が見えなくなったころ、咲く良は改まって小野寺に声をかける。

「ところで、こぶ巻きの旦那よぉ――」

「こぶ巻きとは、ひどいあだ名をつけたものだな」

額の瘤《こぶ》に晒し布を巻いていることからの名づけらしい。

嫌がる小野寺に構わず、蓮っ葉狸は言葉を続けた。

「あんたんとこの妹、ありゃ厄場《やべ》ぇな？」

「八重か？　厄場いとは？」

「あいつ、ずっとわっちに膨れっ面してたろ？　わっちを嫌いか、でなきゃ腹でも痛ぇのかと思ってたんだが――朝飯の前に着物を借りたとき、あの妹と二人きりになってさァ」

そういえば、そんなこともあった。

まさか女同士で引っかき合いの喧嘩でもしたのではあるまいな？　朝餉のときに見た限りでは、どちらも怪我《けが》などしていなかったが……。

「そンで、わっちに聞くわけよ。『あなた、兄とどういった関係で？　夫婦《めおと》になる約束を交わしているのでしょうか』って。――で、わっちが『別になんでもねぇし、そんな約束もしてねぇよ』と答えたら急にニコニコ笑いやがったんだ。な、厄場ぇだろ？」

「……？　意味がよくわからんな。なぜニコニコ笑うと厄場いのだ？」

そもそも、なぜニコニコ笑ったというのか？

「決まってンだろ。あいつが怒った顔をしてたのは、自分の兄貴を余所の女に取られるんじゃねえかと気に病んでたからさ。やきもちだ。──でもって、わっちが横取りしねぇと知って、それでニコニコしやがったんだよ。あの妹、もう十七だか十八だろ？」

「十八だ」

「わっちよりひとつ上か。その歳で兄貴にべったりは厄場ぇって」

「本当にそうならたしかに厄場いのかもしれんが……。しかし、それは勘違いというものだ。心配には及ばない」

「そうかい？」

そうだ。たしかに兄妹《きょうだい》の仲は悪くないが、一方で喧嘩も多く、いつも八重には叱られてばかり。小野寺は頭が上がらなかった。

「べったりというほどではない。普通だ。余所の兄妹と変わらぬ」

「ふうン……。まあ、あんたがそう言うならそうなのかもな」

ふたりの横では、辰三が不細工面でなにやら物申したげな顔をしていた。奥まった小さな目の、そのまた胡麻粒《ごまつぶ》のような小さな瞳でジッとこちらの顔を眺めている。

「どうした辰三？」

「いえ、その……。旦那、気づいてやすか？」

つるつる猪は声をひそめて――咲く良にも聞かれぬよう、小野寺の耳もとに乱杭歯《らんぐいば》の口をうんと近づけ囁《ささや》いた。

「……あっしら、尾行《つけ》られてやす」

「なにっ⁉」

そうか。なにか言いたげだったのは、このことであったのか。

さすがは辰三。この猪、腕利きの十手持ち《じって》だけあって尾行の名人であり、同時に他人の尾行を見破る名人でもあった。

この男に気づかれずに後を尾行《つけ》ることができる者など、南北奉行所の同心、小者を合わせても、そう何人もおらぬはず。

「あっしの見たところ、後ろにふたり、ついてきていやす」

「ふたり……。蛇《カガシ》の蔵六の一味か？」

「いえ、十手持ちでさぁ」

まさかの答えだ。

「百木様ンとこの小者でさ。ふたりとも顔に見覚えがありやす」

序列一位の百木は、小野寺と異なり何人もの小者を抱えている。彼が手柄を多く上げられるのは、その人数によるものも大きかった。

だが今は〝蝦蟇ちどり〟の探索でひとりの人手も惜しいはず。なぜ、ふたりもここにいるのか？　その貴重な小者に、なぜ自分たちは追われているのか？

（咲く良の警護のつもりであるのか……？）

曲者《くせもの》に狙われたときのために、あるいは狸娘が逃げ出そうとしたときのために、援軍を遣わしてくれたのかもしれない。

ありがたくはあるが面白くはない。信頼されていないということだ。

ひとこと先に言ってくれれば、気も悪くならずに済んだものを。

やがて一同は奉行所へと着く。

辰三には上野《うえの》の縄張りへ見廻《みまわ》りに行かせ、小野寺と咲く良は中へと上がった。

「では咲く良よ、すまぬが昨夜と同じ話をしてくれ」

「オウ、任せな」

朝一番で呼ばれていた似顔絵描きの先生の前で、彼女が見た蛇《カガシ》の蔵六の顔について話させる。——これで手直しを加えて、牢内にいる手下たちに確認させた上で、あらためて人相書きを作ることになろう。

「だから、目の感じがチョイと違うのさ。手下どもは兄貴分を怖がってるだろ。なんで、手下の話だけで似顔絵を描くと本物より目つきが鋭くなンだよ」

似顔絵の先生は、狸娘の話に「ほほう」と何度も感心していた。

また、奉行所内には昨夜遅くと違って他の廻り方同心たちもいたのだが、一同ぞろぞろ集まってきて、人相書きが新しくなるところを熱心に眺めている。

こうして蓮っ葉狸が絵描きや同心たちの前で『眉が違う』『目はもうちょい小さく』などとワイワイやっている間、小野寺は、

「百木殿、よろしいですか」

自分の疑問を晴らすことにした。——すなわち、なにゆえ百木の小者が自分たちを尾行していたのかを。

「うむ、では向こうで話すとしよう。来るがいい」

同心ふたりはそろって廊下に出て、人の通らぬ物置の前へ。昨日も与力の梶谷とこ

こに来た。

百木は、小野寺がなんの話をする気であるのか、すでに察しているようだ。――だとすれば、尾行《つけ》ていたのは他者に聞かれたくない理由であろう。

「百木殿、なにゆえ我らを見張らせるのです？」

「ふん。やるな小野寺。尾行下手と聞いていたのに、もう気づいたか。しかも俺の小者と見抜くとは」

気づいたのは小者の辰三だが、わざわざ訂正はしないことにした。

「なにゆえで？　なぜ私を見張るのです？」

「違う。お前でなく、あの咲く良という娘を見張っていたのだ」

「狸を……？　では、やはり警護ということで？　ありがたくはございますが、先に申してくだされば――」

「それも違う」

――？　違うとは？　警護でないということか？

「では、何なのでありましょうか？」

「警護でなく釣りよ」

「なんと!?」

小野寺は『釣り』の一語のみで百木の思惑を理解した。

今のところ〝蝦蟇ちどり〟唯一の手がかりとなる男、蛇《カガシ》の蔵六。――その蔵六を誘い出すための釣り餌《え》として、この同心序列一位は〝げんこつ咲く良〟を使おうとしていたのだ。

「蛇《カガシ》の蔵六は雇われ専門の悪党。小娘に恥をかかされたとあらば、必ず仕返しに来るはずだ。そうせねば、あやつ、今後の仕事に差し支えよう」

「はい。ですから、奉行所で匿《かくま》うべきと……」

「駄目だ。奉行所では隙がなさすぎる。――同心屋敷くらいがちょうどよい。ほどよく隙があるように見え、しかし実はお前のような腕利きに守られている屋敷がな」

つまりは蛇《カガシ》が咲く良を狙って押し入ったところを、小野寺か、あるいは百木の小者が捕らえるという算段らしい。

「なんという……!!　そのように女子供の身を危険にさらす囮《おとり》戦法、私は感心できませぬな！」

「黙れ、しゅうとめ！　その『女子供』が屋敷にいるお前の妹のことであるなら、ほとぼりが冷めるまで奉行所で預かってもよい。住み込み女中用の長屋が空いている。あそこであれば安全だ」

昨夜は空いていないと言っていたのに。

「だが、咲く良とやらは駄目だ。許さん。人相書きの直しが終わったら、お前が奉行所の外へ連れて行け。縄張りの見廻りにも同行させよ。わかったな」

人相書きを直させたのも釣りの一環であるという。

『咲く良のおかげで蛇《カガシ》の蔵六の顔がわかった』と大袈裟《おおげさ》に吹聴《ふいちょう》し、恨みを一層買わせる腹づもりとのことだった。

さすがは同心序列一位、よく知恵が回る。決して褒めるつもりはないが。

(たしかに、他に打つ手は無いかもしれぬが……)

とはいえ腹立たしい。不愉快なこと極まりなかった。


廻り方同心の詰め部屋に戻る途中、奉行の部屋から声が聞こえた。

「――お奉行、朝方よりのご登城、お疲れにございましょう」

「――梶谷よ、やめよ。また土下座をするでない」

「――いえいえ、こたびも単なる挨拶の辞儀にございます」

片方は、与力の梶谷の声。

もう片方は、奉行の牧野駿河守《まきのするがのかみ》の声であった。今日は昼まで登城と聞いていたが、思ったより早く帰って来られたらしい。

（梶谷様、またこのやり取りか……）

ただ、奉行の声は昨日より明らかに苛立《いらだ》っていた。連日、与力から同じ嫌がらせを受けているのだ。無理もなかろう。

小野寺と百木は足音を忍ばせ、襖の隙間から中を覗《のぞ》く。

襖の枠のささくれに羽織の袖が引っかかる。——部屋の中では奉行と梶谷の他にも、数名の与力が控えていた。

「とにかく土下座はよすのだ。〝蝦蟇ちどり〟は天下の一大事ということで、幕閣のお歴々も朝一番で会ってくださった。『一刻も早く奉行所に戻って江戸の町を守ってくれ』とな。——それなのに与力のお主が、わざわざ刻《とき》を奪ってどうする！」

「こ……これは申し訳ございませぬ！」

駿河守の一喝に、梶谷は本気で額を畳に擦りつける。

今日の奉行、土下座禁止《どげきん》続きで苛立っているためか、いつもより気迫に溢《あふ》れていた。

ある意味、普段より町奉行らしいかもしれぬ。江戸の閻魔《えんま》と呼ばれた先代北町奉行のようではないか。

（とはいえ、このように虫の居所がお悪いようでは……。咲く良に会ってくれとは、とてもでないがお願いできぬな）

というより、今の駿河守を見せたくない。

怒りに満ちた様子も町奉行には相応しかろうが、咲く良や町人たちの期待する〝どげざ奉行〟の姿ではあるまい。

（……どげきんが解けて、ご機嫌よろしくなられてからにしよう）

もとの寝ぼけえびすに戻ってからだ。

ちなみに牧野駿河守、苛立ちながらも他の与力たちに対して――、

「いつぞやの品川のどぶ板長屋の件、どのようにいたした⁉　そうだ。下肥《しもごえ》の量だか質だかが落ちたせいで地主が家賃を上げると決め、店子《たなこ》が陳情に参った件だ！　――莫迦者《ばかもの》！　軽々しく値上げを許せば、貧乏人は橋の下で寝るしかなくなろう！　地主の都合もわからんではないが、ここは店子の側に立つのだ！」

と、この調子にて、がみがみと声を荒らげての人情裁き。

やはり牧野駿河守、土下座抜きでも名奉行ではあるらしい。

四

やがて人相書きの直しも終わり、小野寺と咲く良は奉行所を後にした。

百木に追い出されたのだ。蛇《カガシ》の釣り餌にするために。

尾行下手の小野寺にはわからぬが、今も百木の小者が二名、自分たちを陰から見張っているはずだ。

表を歩きながら、小野寺は蓮っ葉狸に声をかける――。

「たぬ……いや、咲く良よ、聞いてほしいことがある」

「また狸って言いやがったな⁉　まだ胸ン中で、わっちを狸と呼んでやがったか！」

「その件は後回しだ。それより……」

「いいや、絶対ぇ今するね！」

「いや後回しだ。それよりも聞け。奉行所はお前を釣り餌にする気なのだ」

小野寺は、先ほどの百木との話をすべて咲く良に打ち明けることにした。

せめてもの誠意だ。いかに〝蝦蟇ちどり〟が天下の一大事であろうと、女子供の命を勝手に懸けてよいはずがない。

それどころか――、

「嫌なら断れ。私が遠くに逃がしてやる」

上役同心の百木に逆らってでも……いや、町奉行所同心の職を失ってでも、この狸娘を守る気でいた。

町人ひとりの命というのは、そのくらいの価値を持つものであるはずなのだ。

――しかし蓮っ葉狸の咲く良は、ふふンと不敵に笑うのみ。

「いンや、断らねぇさ。いいぜ釣り餌。面白そうじゃねえか」

「本気か？　命が危ないのだぞ」

「はン。今さらさァね。このわっちはさ、いつだって命懸けで生きてんのさ。――他の同心サマたちに聞いたぜ。あんたらが追ってんの、〝蝦蟇ちどり〟とかいう性質《たち》の悪い阿片《あへん》なんだろ？」

「知ってしまったか」

奉行所外へは秘密のはずだが、口の軽い者がいたらしい。

本当は知らせたくなかった。なにも知らぬまま命を狙われるのも気の毒だったが、知れば相手も口封じに必死となろう。――もしかすると、これも喰《く》いつきやすい餌とするべく百木がわざと漏らしたのかもしれぬ。

「毒阿片なんぞが江戸に出回るのを見過ごしちゃあ、この〝げんこつ咲く良〟の名がすたるってモンさ。蛇《カガシ》の蔵六釣りの餌、やってやろうじゃねえか」

そうであった。

この狸、蓮っ葉の乱暴者でこそあったが、同時に弱きを助ける優しい娘だ。昨夜も気の毒な夜鷹《よたか》を助けていた。

〝げんこつ咲く良〟は他人のために拳を振るう義侠《ぎきよう》の女《ひと》であったのだ。

「……すまぬな。お前の力を借りるぞ」

「なァに、いいってことよ。——けど、狸って呼んだことだけ謝ンな」

「ああ、すまぬ」

小野寺は足を止め、その場で深々と頭を下げる。

こうして町人相手に頭を下げることができるのは、やはり奉行の影響であろう。以前であれば、ここまで深くは謝れなかったかもしれぬ。

（……いや、囮の釣り餌にすることを考えれば、この程度の謝り方では許されぬか）

やはり牧野駿河に倣って、ここは『ど』の字をするべきか。——自然と膝が曲がりかけたが、

「土下座だったらしなくていいぜ。こんな泥んこだらけの道端でさァ。あんたの着物

の膝を汚したら、あの妹殿になに言われるかわかんねぇだろ」

と、おなじみの不敵な笑いで許してくれた。

「あとよ、餌になってやンだから、お奉行に絶対ぇ会わせてくれよな」

「わかった。約束しよう」

この娘、どうしても〝どげざ奉行〟に会いたいらしい。

なぜ、そこまで奉行の顔が見たいのかはわからぬが、なんとか機嫌のよいときを探すとしよう。


その後、ふたりは一旦八丁堀の屋敷に戻り、咲く良は乾いたばかりの桜柄の着物に着替える。――目立つし、いつもの恰好の方が相手も見つけやすかろう。釣り餌であるならこれがよい。

小野寺は、八重とおすゞに事情を話し、もし怪しい者を見かけたら、すぐさま近所に助けを求めるよう念を押した。八丁堀は同心屋敷ばかりで、隠居したもと廻り方同心や、跡を継ぐために剣術稽古を欠かさぬ若者も多い。心強いことこの上ない。

ただ八重は、兄がしばらく咲く良と行動を共にすると聞き、なぜか臍《へそ》を曲げていた。

ともあれ、これで仕度は万端。

「そンじゃ、蛇《カガシ》釣りと洒落込《しゃれこ》もうじゃねぇか」

「うむ」

空は晴天。時刻も昼で人出も多い。

咲く良は下げ髪、桜柄という、おなじみの派手なたたずまいにて。

小野寺は十手を隠した浪人風の地味ななりにて。

ふたり並んで往来を歩く。

「で、こぶ巻きの同心サマよ、まずどこへ行く？」

「その呼び方はよせ、蓮っ葉狸め。――目立つというなら当てがある」

五

外神田、じもく堂。

小野寺が玄関の障子戸をぱあんと勢いよく開けると、相も変わらず髪くしゃくしゃで綿入れ半纏《ばんてん》姿のじもくが文机《ふづくえ》をひっくり返しながら、

「ひいいっ⁉」

と、いつもの悲鳴を上げた。

「小野寺様、脅かさないでくださいませ……」

「ふん。いつも悪口を書かれているのだ。このくらいは構うまい。──それより、お前に頼みたいことがある」

頼みと聞いてこの半纏女は、びくりと肩を強張《こわば》らせる。

「いえ……ですから〝蝦蟇ちどり〟については、なにも存じァせんし、噂も集めちゃおりません」

「いいや、それとは別件だ。──狸、こっちに来るのだ」

「あいよ、こぶ巻き」

呼ばれた咲く良が、開いた障子戸から散らかった部屋を覗き込む。

じもくは蓮っ葉狸の顔を見て、またも「ひいっ」という悲鳴。

「なんだァ、ずいぶん汚《きたね》ぇ部屋だねえ」

「ひ、ひいいいっ……⁉　小野寺様、ちょっとこちらへ！　お耳をお貸しくださいませ！」

内緒話をしたいのだろうが、自分でこちらに来るのでなく、わざわざ相手を呼びつけるのがいかにもこの横着な女らしい。

小野寺は床に散らばる紙くずを踏みつけながら部屋へと上がる。

「どうした？」

「もっとこちらへ……。小野寺様、なんだじゃござァせん。あの女、〝げんこつ咲く良〟じゃござァせんか」

「存じていたか。なら話が早い。お前の力でな、噂を広めてほしいのだ。瓦版にしてもいい。——あの小娘が、蛇《カガシ》の蔵六に大恥をかかせたとな」

江戸一番の聞屋《ぶんや》なら、世に風説をまき散らすくらいは簡単であろう。

「手下を目の前でぶちのめした件でござァますか？」

「知っていたか。なら話は早い」

「ええ、そのくらいでしたら、まあ……。それより小野寺様、あの〝げんこつ咲く良〟が何者なのかご存じなので？　あれの父親がだれであるのか」

「父親？　世話をしていた者でなく実の父か？　いいや、知らん。だれなのだ？」

「それがその……本当かどうかまでは存じませんが、ひそかに囁かれているところによれば〝げんこつ咲く良〟の父親は、おぶ——」

と、じもくが途中まで言いかけたところで、

「なァ、なんの話をしてンだい？」

ほうっておかれて退屈したのか。咲く良は勝手に部屋へと上がり、内緒話をするふたりの間にぬっと顔を突っ込んできた。

じもくは驚いたのか、それとも話の中身を知られたくなかったのか、

「ひッ⁉　な……なんでもござァせん！　なにも存ざァせん！」

この横着者には珍しく部屋の壁まであとずさり、首をぶんぶん横に振る。

「とにかく噂を言いふらす件はお任せを！　おふたりとも、さっさと帰ってくださァませ！」

肝心の答えを聞く前に、長屋のじもく堂から追い出されてしまった。

気になるが、あの調子では教えてくれまい。――そもそも本当かどうかわからぬというのに、他人の家の事情など聞くべきでもなかろう。

（しかし、じもくめ、なんと言おうとしたのだ？　『おぶ――』？）

まさか『お奉行』ではあるまいな？　お奉行が父親？

しかし、そう思ってよく見れば、この狸娘の顔立ち、牧野駿河守にほんのわずかに似ているような、似てないような……。

「よォ、なにジッと人の顔見てんだい？　見惚《みと》れてンのか」

「……いいや違う。莫迦を申せ」

「はン。そうかい。だったらさっさと行こうぜ。――あと、見惚れてもいいンだぜ。わっち、おっ母ゆずりで面《つら》には自信あンだ」


ふたりは外神田を出て、今度は小野寺の縄張りである上野へ向かう。

歩きながら、気取《けど》られぬよう咲く良の顔をちらりと眺めた。

（なるほど、たしかに顔がよい）

この娘が美貌の持ち主であることくらい朴念仁の小野寺とて最初から気づいていたが、それでも本人の口から『見惚れてもいい』だの『面には自信ある』だのと言われると、改めて意識してしまう。

（しかも『おっ母ゆずりで面には自信あンだ』か……）

おすゞから聞いたところによれば、この狸、母親を早くに亡くしているとか。

ならば先ほどの『おっ母ゆずりで～』は自慢や自惚《うぬぼ》れでなく、母や家族への憧憬から出た言葉であろう。――小野寺も同じく親を亡くしているから察しがついた。

「おッ、こぶ巻き、またわっちの面に見惚れてやがんな？」

「いいや、見ておらん」

いけない。気取られた。咄嗟にごまかし歩き続ける。

気がつけば、もう上野の東側。自分の縄張りの内だった。

小野寺は十手を隠して浪人風の恰好をしていたが、このあたりは顔見知りも多く、また見廻り中の番太と出くわしもする。

困ったことに、そのたびに、

「——おや旦那、えれぇべっぴんさん連れてるじゃありやせんか」

だの、

「——もしかして新しいお小者さんですかい？　辰三さんからずいぶん可愛《かわい》らしくなりやしたな」

だのと、ひやかし半分で声をかけられた。これでは変装した意味がない。

（まったく……。あやつら、なにゆえ私が十手を隠しているのかわからぬのか）

浪人風のつぎはぎ着流しが台無しではないか。

とはいえ、根は真面目《まじめ》な者たちだ。

ひやかし半分で声をかけたが、残りの仕事半分で、

「——ところで例の財布、まだ落とし主は見つかりやせん」

「——こっちも財布の手がかりはなにも」

「──それどころか、『あ』を吸ってる奴がいるって噂もさっぱり」

といった具合に、ついでに探索の報告もしていった。

残念ながら、なんの進展もないらしい。

財布の持ち主についてなんの手がかりもないというなら、やはり『釣り餌』に頼るしかあるまい……。

──と、そこに当の釣り餌の蓮っ葉狸。

「よォこぶ巻き、気になったんだが……。〝蝦蟇ちどり〟なんて、ほんとに出回ってンのかよ？　さっきの番太も、噂もさっぱりって言ってたろ？」

「……まあな」

「わっちもよく柄の悪い界隈《かいわい》をウロウロしてるが、そんなん吸ってるやつなんざ見たことも聞いたこともねえ。──ひょっとすると財布に入ってたってえのが全部で、他にはどこにもねえんじゃねえか？」

たしかに、それも疑っていた。

吸ったという者が見つからぬのが、この〝蝦蟇ちどり〟一番の不思議である。他の縄張りの同心や番太も、今のところだれひとりとして見つけていない。

『毒入り阿片』は『見えない阿片』でもあったのだ。

本当にどこにも出回っていないということもあり得る。ぶつを用意はしたものの、なにか急な事情で——たとえば仲間割れやら良心の呵責《かしゃく》やらで、売りさばくのを諦めたということも考えられよう。

しかし、それでも同心たちは〝蝦蟇ちどり〟を追い続けなければならない。阿片は国家万民を虫食いにする死の薬。ひと粒たりとも世に残してはならぬのだ。

「あとよ、もうひとつ。番太連中の言ってた財布って、ひょっとして『どげ損』の一両入り財布かい？」

そういえば狸にその話をしていなかった。別に隠していたわけでなく、慌ただしくて忘れていたというだけだ。

「そうだ。三方一どげ損の財布だ。あれの持ち主を探しているのだ」

「ふうン……。その財布、どんなんだい？」

知らぬのも無理はない。瓦版には財布の見た目は半端にしか書かれておらぬと、蛇《カガシ》の一味が言っていた。

「巾着の財布でな、紺地に千鳥の模様が入っているのだ」

ここまでは、瓦版にも書いてあったという。だが——。

「へぇ、紺の千鳥模様……。そいつ、もしかして不細工な蛙《かえる》の根付《ねつけ》が下がってねえかい？　こう、でっぷり太った蝦蟇がさァ」

「……⁉　なぜわかる？」

それは書かれていないはずの話だ。

なにゆえ、根付が下がっていたと知っている？　しかも太った蛙であるとまで？

知っているのは同心か小者か番太、そうでなくば蛇《カガシ》の一味。いずれも〝蝦蟇ちどり〟の財布を追う者たちばかりであるはずなのに……。

「なぜだ狸、なぜ知っている？」

「そりゃわかるさ。わっちが落としたようなもんだからさ」

「お前が落とした⁉」

毒入り阿片〝蝦蟇ちどり〟が隠してあった、あの巾着財布をか？

「では、まさかお前の財布であったのか！」

「ははッ、わっちの財布じゃねえよ。わっちが落としたよ、う、な、もんと言っただろ」

「――？　要領を得んぞ？」

自分のものでない財布を落とすということがあり得るのか？　しかも『ようなもん』とは？

「ま、チョイとややこしい話になるんだが」

「オウ。あれは去年の十一月あたりだったか。すげぇ寒い夜でさァ。わっちが上野あたりをブラブラしてると、反対側からガラの悪《わり》ィ身なりの酔っ払いが歩いてきたと思いねえ。――で、わっちと肩がぶつかった」

「うむ」

「そいつが言うわけさ。『気ぃつけやがれ、季節はずれのカッコしやがって』って。そうなりゃ、こっちも言い返すしかねえ。『てめえからぶつかっといて、そんな言い草があるか莫迦野郎』ってな。――もう当然、喧嘩さァね」

「当然とは思わんが、がらの悪い男とお前であればそうなるだろうな」

昨夜といい、よく酔っ払いと喧嘩になる娘だ。

「まあ喧嘩となりゃ、わっちが有利だ。まして相手は酔ってへべれけ。一発ぶん殴ったら野郎、懐《ふところ》から匕首《あいくち》を抜きやがったんで、もう三、四発おまけでぶん殴ってやった。そしたら、そいつ、ほうほうのていで逃げてきゃあがったのさ。ざまぁ見ねえ」

「感心できんな。相手が刃物を抜いた以上は仕方あるまいが。――で、財布はどこで出る？」

「ここさ」

「構わん。話せ」

「だから、どこだ」

「その匕首の男さ。逃げるときに財布を落としていきゃあがった。それが紺の千鳥模様に太った蛙の巾着だったってえわけよ」

「なんだと⁉　では、それが魚屋ハマジの拾った一両入りの財布というのか！」

なんたる因縁。一両財布のいざこざで出会ったこの蓮っ葉狸が、落とす際にも一枚嚙《か》んでいたというのだ。

縁は異なものとは言うが、まさかここまでの偶然が世にあったとは。

「いや、そうじゃねェ」

「違うのか？」

そうか、さすがにできすぎであったか……。

「中身は一両じゃなく一両二分とチョイだった。小判一枚と一分銀二粒に、よく憶《おぼ》えてねえが小銭がチョイチョイ」

「つまりは別の財布ということか？」

「いンや。さすがにこんな大金全部貰《もら》うのは気が引けたんで、小判を残してやったのさ」

「猫糞《ねこばば》したのか⁉」

財布の中身を知っていたから妙だとは思ったが、まさかそのような理由だとは。もとよりハマジが拾った時点で、どこかおかしいとは感じていた。普通、財布の中身が一両小判一枚きりということはあるまい。他にも小銭の幾ばくかくらいは入っているものだ。

だが、まさか『狸が猫糞したから』などという理由であったとは。

「咲く良よ、さすがに聞き捨てならん。それは盗みであるぞ」

「しゅうとめだからって堅《かて》ぇこと言うなって。どうせロクな銭じゃねえんだ。――ありゃあ博打《ばくち》で稼いだ銭さァ」

「罪を逃れたいからと適当なことを言うなよ」

「本当だって。太った蛙といやァ京大坂じゃ博打の縁起担ぎだ。蛙は大物を丸飲みすっからな。でもって酔っ払いとぶつかったあたりにゃ江戸じゃ少ねえ上方《かみがた》風の盆（賭場）がある。――そこに出入りしてる客なんだろ」

「上方風だと？　上野にか？」

江戸で博打といえば賽《さい》の丁半だが、京や大坂では京かぶや狐ちょぼ。――いずれも関東では珍しいが、そのような賭場が上野にあるとは。

上野は小野寺の縄張りというのに初めて聞いた。

「半年前なんで財布を落としたやつの面なンざ憶えてねえが、その賭場に行きゃ、だれかひとりくれえは知ってるやつもいるだろうさ」

六

日もとっくに沈んだ夜五つ（午後八時）。小野寺らは、小者の辰三と町はずれにて待ち合わせる。

ずっと美貌の咲く良とふたりでいたから、ひさびさにこの仏頂猪面《ぶっちょういのししづら》を見ると不細工さが際立った。

「なるほど、そういうことでやしたか」

「うむ。そのような賭場があるのを知っていたか？」

「いえ……。噂だけならチョットだけ聞いた気もしやすが、上方風の賭場なんて小洒落《こじゃれ》たもんに出入りする者は、あっしの周りにゃおりやせんので」

そうであろう。

気の短い江戸っ子は、丁半賭博のように駆け引きなしの一発勝負を好むもの。骨牌《こっぱい》や花札、あるいは賽でも凝った役のある複雑な博打は、京大坂あるいは金沢、長崎といった西国のものという印象がある。――辰三の言うように、上方風は『小洒落たもん』であったのだ。

「辰三も知らぬ賭場を、この蓮っ葉狸めは知っていたのだな」

ちらりと咲く良に目をやれば、してやったりと得意げな顔。

「どうだい、すげぇだろ？　番太たちが勘違いしてたみてぇに、わっちもお小者に雇った方がいいんじゃねえかい」

「女小者というわけか。悪くないかもしれん。――辰三よりも役に立つかもしれぬし、なにより猪とふたりづれより華やかでよい」

引き合いに出されたつるつる猪が、むくれてぶふうと鼻息を鳴らす。

今の小野寺の言葉は、単に辰三をからかってのものであったが、とはいえ女の小者というのも存在しないわけではない。

現に北町にはひとり、南町にはふたり、同心のもとで働く女小者がいる。いずれも正式に町奉行から十手を預かる身であった。

「お前なら、よい十手持ちになるだろう」

世辞ではない。このしゅうとめ、世辞やおべっかを大の苦手とする男だ。

咲く良は腕っぷしが強く、勘や目端《めはし》も利く。なにより見知らぬ夜鷹のために男三人に立ち向かうという善なる心を持っていた。――もちろん喧嘩っ早いところや規範を重んじぬところは大きな難点ではあるが、それを補って余りある資質がある。

なので小野寺は、心から『よい十手持ちになる』と口にしたのだが……、

「……だろ？　ははッ、考えといてくれよ」

明るく笑う蓮っ葉狸の面持ちに、フッと、わずかに蔭《かげ》りが見えた。

とうに夜。闇の中、手元の提灯《ちょうちん》と月だけが頼りなく彼らの視界を照らす。

しかし、それでも咲く良の顔にかかった陰は、決して見間違いなどではあるまい。

――薄々ながら小野寺は、蔭りの理由を察していた。

「そンじゃ、そろそろ行くとしようぜ。賭場も人が集まってる頃合いだろう」

「うむ」


咲く良の道案内でやって来たのは、上野といっても西側の奥。――小野寺の縄張りである町人地とは逆側となる。

このあたりは寺社地であった。

寺社奉行の管轄であり、町奉行所の権限が及ばぬ土地だ。小野寺が賭場のことを知

らなかったのも仕方あるまい。

「旦那、いいんですかい？　寺社地に入って叱られやせんか？」

「構わん」

辰三の心配はもっともであるが、毒入り阿片〝蝦蟇ちどり〟の探索なのだ。構ってなどいられなかった。――このつるつる猪も『行くな』と止めたわけでなく、単に念を押しただけのこと。一同の歩みは止まらない。

「ときに、尾行はついてきているか？」

「へい、後ろに」

百木の小者たちによる尾行のことだ。最初は鬱陶しく思っていたが、慣れれば逆にありがたい。

なにかがあれば、あの者たちが百木や奉行所に報《しら》せてくれる。小者が辰三しかいない小野寺にとっては、ただで人手を借りたようなものであった。

上野寛永寺《かんえいじ》の脇を抜け、墓場を突っ切り、しばらく歩くと――、

「ああ、あった。あの寺がそうさ」

咲く良の指し示す先にひっそりと、古寺が一軒建っていた。

古いが荒れた廃寺ではなく、むしろ小綺麗で、瓦も張り替えたばかりに見える。金

の巡りは悪くないらしい。

「門の陰ンとこ、よく見ると男がふたり立ってるだろ？　堅気にしちゃガラぁ悪ィが、やくざ者《モン》にしちゃあ小ざっぱりしてる。――あれは仁王つって、賭場の見張りさ。小ざっぱりしたやくざ者《モン》だ」

「物知りだな」

この狸娘、妙に詳しい。

だが小野寺も廻り方の同心。さすがにそのくらいは知っていた。賭場は寺社の敷地を借りて開くことが多く、また見張りは大抵ふたり一組であるため、入口の見張りは『仁王』あるいは『狛犬《こまいぬ》』と呼ばれるのだ。

『寺銭《てらせん》』や『開帳』などと同じく寺に引っかけた符丁である。

（さて、どうやって中に入るか……）

一見客《いちげん》である彼らを、仁王らはすんなり通してくれるだろうか？

一応、小野寺も辰三も十手を隠し、それぞれ浪人者やごろつき風を装ってはいるが、浪人、ごろつき、蓮っ葉女という怪しげな三人組を賭場へと入れてくれるのか。

だが咲く良は、そんな小野寺の迷いなど気にもせず――、

「こぶ巻きたちはチョイと待ってな」

ひとりでスタスタ寺の門へと歩いていくと、こともあろうか自ら仁王たちに声をかけたのだ。

(——⁉ あやつめ、なにをする気だ?)

そして、しばらくすると狸娘はまた小野寺らのもとへ戻ってきた。

「話はつけたぜ。三人とも通っていいとさ」

「……そうか」

三人そろって中へと入る。仁王たちはやたら丁寧に辞儀をしていた。

(咲く良に頭を下げているのか……。どうやら朝飯前の台所で、おすゞに聞いた通りのようだな)

本堂では、賭場が開帳されていた。

あえて薄暗くした灯《あか》りのもと、ちょうど賽ころ賭博の真っ最中。凝った役のある狐ちょぼだ。「張った、張った」の掛け声が響く。決して広くもない堂内で、七、八人ばかりの客が親を囲んで座っていた。

客筋はばらつきがあり、いかにも金回りのよさそうな商家の旦那風がいる一方で、そこまで裕福でもなさそうな若侍や、旅商人らしき者もいる。

中には頭巾で顔を隠した武士もいたが、このようなお忍び客は珍しくもないのか、周囲も気にかけている様子はなかった。

客の多くは上方や西国の出のようで、札を張る声に訛《なま》りがある。若侍は参勤交代で来た西国大名の家来といったところか。

箱根《はこね》関より西の者は江戸鉄火場のがっついた熱気を嫌うという。ここの賭場は、そういった江戸風嫌いを客筋としていたに違いない。

（さて、この者たちからどうやって財布の持ち主について聞き出したものか……）

客たちは軽々しく話しかけられる雰囲気でなく、また仕切りのやくざ者たちも目を光らせている。しばらくは皆の気が緩むのを待たねばなるまい。そうなるまでは一刻か二刻か。

小野寺が我慢比べの覚悟を決めた、そんな折……。

「――オウ、悪ィがチョイと、わっちの話を聞いちゃくれねえかい」

咲く良が、いきなり大声を上げた。――響き渡る黄色い声に、その場の一同、一斉に桜柄の蓮っ葉女へと視線をそそぐ。

さすがに、これは考え無しの無鉄砲。小野寺は「おいっ」と狸娘の肩を摑《つか》んだ。

「狸よ、無駄に目立つな！　お前のせいで胴のやくざどもと揉《も》めてしまうではないか！」

「なァに、平気さ」

たしかに喧嘩で片をつける気か？」

「また喧嘩で片をつける気か？」


たしかに小野寺と咲く良がいれば、そうそう負けはせぬであろうが——。

「そうじゃねえさ。ここの賭場を仕切ってるのは、二ツ瀬《ふたせ》一家の代貸し（幹部）のひとりで〝マシラ堰《ぜき》の久兵衛《きゆうべえ》〟って野郎でさ」

その名は知っている。

二ツ瀬一家は浅草を中心に縄張りを有するやくざの一家だ。ついひと月半ほど前、大親分である二ツ瀬の長治《ちようじ》が七十過ぎで死んだのだが、その跡目候補の一人がマシラ堰の久兵衛であったはず。

（猿堰《ましらぜき》は、たしか上方と九州をつなぐ街道沿いの地名であったか。西国の出というのなら、この賭場も納得というものだ）

いつものつるつる猪に加え、狸に蛇に蝦蟇《カガシ》、千鳥。その上、今度は猿《マシラ》とは。獣づくしにもほどがある。

「で、マシラ堰の久兵衛だと、どうだというのだ？」

「知った顔なのさ。あいつ、わっちの面倒見てくれたジジイの乾分《こぶん》なンだよ」

一家の代貸しが乾分ということは、つまり……。

――と、そこまで語ったときのこと。

本堂の奥から、禿げ頭の大男がヌッと姿を現した。

よく『衣文掛《えもんか》けのような肩』などというが、この男の場合は嫁入り簞笥《だんす》といったところ。肩幅はもちろん胸板も厚く、がっしり四角い体つきであった。

頭も丸火鉢がごとく大きく厳《いか》つく、見るからに全身が頑健そのもの。巨大な岩塊を思わせる。

「おどれら、なんの騒ぎや」

発する言葉は上方訛り。――この大男が件のマシラ堰の久兵衛であった。小野寺は初めて目にするが、容貌は伝え聞いていた。

「オッ、噂をすれば久兵衛のおじさんじゃねえか。うるさくしてすまねぇな」

馴《な》れ馴れしく声をかけてきた蓮っ葉娘の姿を見て、久兵衛は――、

「お嬢⁉　咲く良のお嬢やおまへんか！」

丸火鉢の両目を丸くさせていた。同時に小野寺も、

「お嬢？」

と目を向ける。

彼女の顔は、また蔭っていた。

「へへッ、そうさ……。黙ってて悪かったな。わっちはよ、ここの男どもに『お嬢』と呼ばれる身なのさ。——おっ母を亡くしてから、二ツ瀬一家の大親分のとこで厄介になっててよ」

「そうか……」

実を言えば、知っていた。

『お嬢?』と聞き返したのも、単に呼び方が珍しかったためにすぎない。——朝飯の仕度をしているときに、おすゞから町の噂として聞いていた。

女人《にょにん》用心棒〝げんこつ咲く良〟は、浅草の大親分の娘であると。

実の親子ではないが、二ツ瀬の長治は身寄りのない彼女を父代わり娘代わりで養っていたのだとか。

（おすゞの申した通りであったか……。女十手持ちの話をしたときに顔を蔭らせたのは、やはりそのためであったのだな）

たとえば大岡越前守《おおおかえちぜんのかみ》が町奉行を務めた享保《きょうほう》の世より昔であらば、町奉行所の同心が一家を構えるやくざ者を小者として雇うこともあったろう。

しかし、それは法の整わぬ時代であればこそ。今は違う。堂々看板を掲げる渡世人に十手を預けるなど、田舎《いなか》の代官所でさえ滅多にない。

咲く良の親代わりであった亡き大親分は義理人情に厚い俠《おとこ》と聞いてはいたが、そうであっても同じこと。――いくら資質や才覚があろうと、弘化《こうか》年間に渡世人の娘が同心の小者となるなど、あり得ぬことであったのだ。

（世のために働けぬことが、悔しく、また寂しかったのであろうな。本当はそんな想《おも》いで顔を蔭らせられる者にこそ、十手を預かってほしいのだが）

――ともあれマシラ堰の久兵衛は、簞笥のような巨軀《きょく》をうんと小さく折り曲げながら、本家の『お嬢』に問いかける。

「いったい、どこ行ってはりましたんや？　もうひと月以上も家に帰っとらんそうやおまへんか」

「へッ、わっちが家を留守にすんのは昔っからだろ」

「そんでも、これまではせいぜい三日かそこらでおまっしゃろ？　大親分の葬式以来、ずっと出たっきりやと聞いとりまっせ」

「だから、ジジイが死んだからさ。家に居づれえんだ。――ははッ。あんただって本当はわっちがいねえ方が助かるくせに」

「い……いや、そないなことは……」

図星を突かれて慌てる久兵衛に、咲く良はもう一度「ははッ」といつもの不敵な笑いを発してから本題を切り出す。

「それよかさ、聞きたいことがあンだよ。久兵衛おじさんや盆のみんな、それにお客サンたちにもさ」

「聞きたいことでっか？」

「ああ。こん中に、半年前に財布を失《な》くした野郎はいねぇかい！　本人でなきゃ知り合いでもいい。紺の千鳥模様に蝦蟇の根付を下げた巾着財布だ。わっちにぶん殴られて、財布を落として逃げてった腰抜けさ」

腰抜けとは。もし落とし主がいたとしても、これでは名乗り出るのは難しかろう。

客たちはいきなりの人探しにただキョトンとするばかりであったが、一方でマシラ堰の久兵衛や乾分どもの顔には明らかな狼狽《ろうばい》の色があった。

「お嬢……。そら〝ガマ六《ろく》〟の財布や！　なしてお嬢が探しとるんや⁉」

咲く良が逆に問い返す。

「財布を落としたのはガマ六って野郎なのかい？」

「へえ、わてンとこの下っ端で……」

「そうかい。で、そいつは今、どこにいる？　コン中か？」

　本堂の中にいるのではないかと、ぐるりとあたりを見渡すが——。

「いや……ガマ六なら半年前に死によりました」

「死んだァ？　なんでだ？」

「その、酒に酔って溜め池で溺れよって……」

「ンだと⁉」

　言葉通りの意味ではあるまい。

　酔わせて水に放り込むのは裏の渡世でよく使われる殺しの手口だ。主にしくじった身内の始末で用いられる。

　つまりはマシラ堰の久兵衛が、自分の乾分を始末したのだ。

　おそらく〝蝦蟇ちどり〟の財布を失くした責で。

（では、この久兵衛が毒阿片を？　そうでなくば、わざわざ乾分を殺すまい）

　ただ小野寺の聞いたところによれば、マシラ堰の久兵衛の一味は乾分すべて合わせても十人足らずであったはず。

　阿片を売りさばくには人数が足りまい。また、そこまで大きなしのぎを自ら企てられるほどの知恵者にも見えぬ。

だとすれば他に黒幕がいるということか？

（浅草二ツ瀬一家の本家か？　あるいは、さらに別のだれかが？）

咲く良の顔に目をやれば、その美貌は青ざめていた。渡世に詳しいこの娘だ。ガマ六とやらがなぜ死んだのかすぐに察しがついたのだろう。

自分のせいで殺されたのだ。

自分が喧嘩に勝って、あの男が財布を落として逃げたから。

おまけに自分が世話になっていた一家が、毒入り阿片などという大罪に手を染めていたとは。もしかすると親代わりの亡き大親分も一枚噛んでいたかもしれぬ。

（いかん。なにか言ってやらねば）

気に病むな。ガマ六とやらは殺されて当然の男だ。阿片もお前と関係ない。――慰めようと言葉を選んでいたときのこと。

ちょうど外から本堂に来た三下が「ああっ」と声を張り上げた。

「――代貸し！　そこの浪人、同心の〝しゅうとめ重吾《じゅうご》〟ですぜ！」

しまった。気づかれた。

「なんやと、本当か？」

「へい！　先々月に兄弟分をしょっぴかれたんで、仇《かたき》を討とうと顔を憶えておいたんでさ。——それに瓦版に書いてた頭の布！　ありゃあ間違いありやせんぜ！」

　またも瓦版だ。じもくを恨む。顔が似ているか、頭に布を巻いているかどちらかだけならば、誤魔化すこともできたろう。

　だが、さすがに両方では無理というもの。少なくともやくざ者どもは信じまい。

「お嬢、町方のさんぴん奴《やっこ》を連れてきたんか……？　なんでや⁉　許されるこっちゃあらへんで！　——オウ、おどれら！　このさんぴんどもと裏切りモン、まとめてぶち殺したりや！」

　マシラ堰の久兵衛は怒り心頭。冷静ではない。賭場の客たちが見ているというのに、この場で三人の命を奪おうというのだ。

「オウこぶ巻き同心、ずいぶん顔が知れてんじゃねえか。——偉そうにしてたくせに、てめえのせいで厄場《やば》くなったぞ」

「うるさい狸め。偉そうになどしていない。——だが、どうやら厄場《やば》いのはその通りだな」

　久兵衛の号令に応じ、手下のやくざ者どもは匕首や薪《まき》ざっぽう、あるいは脇差《わきざ》しを摑んで小野寺たちを取り囲む。

（不味《まず》いな。意外に数が多い……）

最初、本堂にいたのは博打の胴親一人と雑用の三下《さんした》がふたり。――そこにマシラ堰の久兵衛と別の三下が来て計五人。

五人ならばまだ切り抜けられると思ったが、騒ぎに気づいた表の仁王二人が脇差し片手のおっとり刀で駆けつけて来た。

これで相手は全部で七人。

得物《えもの》はそれぞれ脇差し三人、匕首三人と薪ざっぽうの棒切れひとり。

さすがに不利だ。特に仁王の片方が厄介で、脇差しの構えがさまになっている。おそらくは侍崩れ。剣も道場で学んだ身だろう。

「狸、辰三、私の後ろに隠れていろ。隙があれば外へ逃げよ」

二人をかばいながら七人と斬り合う覚悟でいたのだが――、

「遠慮すンなよ。半分任せな」

横で咲く良が、拳にギュッと手ぬぐいを巻いていた。得意の拳骨《げんこつ》で加勢する気だ。

（気持ちだけなら心強いが……）

しかし、匕首や棒切れならばまだしも脇差し相手では苦しかろう。

おまけに乱戦となれば人数がものを言う。三対七では小野寺自身は平気であろうが、咲く良と辰三は無傷で済むまい。

こんな無法者どもに、自分の大切な者たちをかすり傷ひとつつけられてなるものか。

毒阿片など扱う畜生どもに。

この捕り物、マシラ堰の久兵衛一味を捕らえるだけでは勝ちではない。仲間ふたりを傷ひとつない真っさらの状態で帰さねば、小野寺重吾の負けであるのだ。

（だが、だとすれば少々難しい……）

迂闊《うかつ》に前へと出れば七人相手に囲まれよう。

――と、そのときである。

すでに賭場の客たちは本堂から逃げ出していたが、ただひとり、ぽつんと座ったままの男がいた。

頭巾をかぶった侍だ。顔は隠していたが着物や剣のこしらえは立派で、体格からして歳は五十過ぎといったところ。

腰でも抜かしているのかと思ったが、どうやらそうではないらしい。

男は、すうっと音もなく立ち上がると、剣術を修めた者特有の体幹が一切ぶれぬ歩きにて、対峙《たいじ》する小野寺とやくざ者一味の間へと割って入る。――ちょうど本堂の中央、ど真ん中だ。

この頭巾の侍、なに者か？

まさか賭場の用心棒か？　だとすれば強敵。かなりの手練《てだ》れ。小野寺の背筋に、ぞっと冷たいものが走る。だが――。

「なンや、おどれ⁉　さんぴんの助っ人か！」

マシラ堰の久兵衛も、この男は知らぬという。

では、果たしていかなる素性の者であるのか？　男は無言のまま、本堂の真ん中で小野寺たちに背を向けると……、

（――あっ！　消えた⁉）

突如、視界から頭巾の頭が消え去った。――やくざ者たちは魂消《たまげ》ていたが、この消え方、小野寺は知っている。既に何度も目にしていた。

消えたのではなく下げたのだ。急に真下に移動したから消失したかのように見えただけ。

つまりは土下座。頭は地まで下げられていた。

頭巾の侍は土下座していた。それも、ただならぬ気迫にて。

迂闊に近寄らば土下殺《どげころ》されそうなほどに気が満ちていた。

（見事な土下座……‼　ということは、お奉行か！）

そういえば、そうであった。

北町奉行牧野駿河守は、お忍び癖の持ち主だ。――小野寺が初めて奉行と言葉を交わしたのも、身分を隠して町を歩いているときであった。

（だが、なぜ今ここに？　土下座を禁じられて鬱憤が溜まり、正体を隠して頭を下げに来たとでも？）

この奉行ならばあり得ることだ。土下座禁止《どげきん》への怒りからか、あるいは解放された歓《よろこ》びからか、いつもの駿河守とは異なる荒々しい土下座であった。

しかし、それ以上に気になるのは、今この場で土下座をしている理由だ。

敵に囲まれながら、なにゆえ土下座を？

なぜに、その身を危険に晒すのか……？

（――そうか、わかった！）

謎は解けた。

ふた月の間、奉行の土下座を見てきた小野寺なればこそ。逆に、

「な……なんや、いきなり⁉　命乞いのつもりかい！」

マシラ堰の久兵衛は、意味を理解できずにいた。

この土下座、命乞いではない。降伏でもない。

これは〝戦土下座《いくさどげざ》〟。

戦って勝つための土下座であった。

奉行の真意に気づいた小野寺は、ひれ伏す奉行の右へと駆ける。――両手はすでに得物を抜いていた。

右手《めて》に大刀、左手《ゆんで》に十手。片十手の二刀流。

多対一か余程の強敵相手のときにのみ〝しゅうとめ重吾〟が用いる必殺の構えだ。

まずは一番右の脇差しの敵を、

「やあッ」

と大刀一閃《いっせん》。およそ二百二十匁《もんめ》の鉄刃を、峰打ちの袈裟懸《けさが》けにて振り下ろす。

喰らった男は左の鎖骨を砕かれて「ウウッ」と呻《うめ》いたきり動かなくなる。

まずはひとり。残り六人。

本来ならば、この人数差だ。すぐに囲まれて身動きが取れなくなろう。――しかし、それを防いでいるのが奉行の土下座。

この土下座は、いわば出城。将棋に喩《たと》えるなら盤面中央に打たれた飛車。

足元の奉行が邪魔となり、敵は真《ま》っ直《す》ぐ小野寺を攻めに行けぬ。

こうして土下座出城を間に挟み、端から相手を倒していけば、包囲されることなくやくざ者どもを殲滅《せんめつ》できるのだ。

（仮にも徳川《とくがわ》の家来である私が喩えに出すのもどうかとは思うが……大坂冬の陣で名を馳《は》せた真田丸《さなだまる》の出城も、このようなものであったに違いない。ならば奉行のこれは土下座出城の土下座丸といったところか）

そのまま続けて脇差しの敵をもうひとり、今度は十手で叩きのめす。残りは五人。

だが敵もさるもの。相手方のひとりは土下座出城の脅威に気づき、奉行の伏せた頭めがけて薪ざっぽうを振り下ろそうとしていたが――、

「させぬ！」

左手に握った十手を、その額へと投げつける。

意識したわけではないが、投げる構えが魚屋の女房と似た形になっていた。見事命中。男は鉄の十手を頭骨に喰らい、気を失いながら真後ろへと倒れ込む。

やはり、この投げ方は威力がある。

これにて早くも残りは四人。

だが、称《たた》えるべきは小野寺でなく奉行であろう。斬り合いの真っただ中で土下座をし、無防備な背中や頭を晒すとは。

そこまで、この小野寺重吾を信じているのか。

〝しゅうとめ重吾〟がいるなら平気であると、それほど信頼していたというのか。思わず唇の端が吊《つ》り上がる。

一方で、土下座丸を挟んだ反対側では、咲く良の手ぬぐい拳骨が、

――たんッ、ぱぁんッ

と匕首の敵をひとり、見事に叩きのめしていた。

本気の一撃だ。いつぞやの酔っ払い相手の際は、殴られた相手はすぐに起きて逃げていったが、やはりあのときは手加減をしていたのであろう。

今回は違う。遠慮なし。鼻血をまき散らしながら男はぴくりとも動かない。

「見たかい、こぶ巻き！　てぇしたモンだろ！」

見た。安心した。

この土下座出城戦法は、出城の反対側から咲く良たちが襲われないか、それだけが

気がかりであった。──だが、この娘の強さを確かめた今、心おきなく戦える。

ほっと息を吐いている間にも、蓮っ葉狸は、

──たんッ、ぱぁんッ
と、もうひとり顔に拳を叩き込む。またも相手は鼻血を散らす。

残る敵はふたりのみ。

片方は、マシラ堰の久兵衛。

もう片方は、腕利きの仁王であった。

「代貸し、下がってくだせえ」

「頼むで……。もうお前だけが頼りや」

この仁王、やはり脇差しの構えが堂に入っている。鍛錬を積んだ侍のもの。

しかも小太刀の鍛錬だ。

（富田《とだ》流……いや、中条《ちゆうじよう》流の小太刀術か）

剣術のうちいくつかの流派には、大刀ではなく脇差しを専門に扱う術がある。仁王が身に着けていたのも、おそらくはそのひとつであった。

見たところ目録以上。この男にとって刃渡りの短さは不利にならない。

奉行の土下座を挟んで、小野寺と仁王は対峙する。

ふたりの間は、わずか五間。本来ならば一気に詰められる距離であるが……。

(右から来るか、それとも左か)

間に土下座がある以上、左右いずれかから回り込んで攻めねばならぬ。

果たして、どちらから来るのか。ふたつにひとつ——。

(——いや、違う！　上から来る！)

仁王は、ぐっと腰を下げていた。これは助走の構え。

奉行を跳び越え、そのまま斬りかかる気であったのだ。

小野寺は十手を投げたことを今さら悔やむ。二刀流の方が防御も易《やす》かったはずであろうに。——このまま大刀のみで受けるか、それとも今からでも脇差しを抜いて二刀になるか。

しかし仁王が地を蹴ろうとした、その刹那《せつな》。

「——気ぃつけな！　居合いで足を斬り落とされっぞ！」

どこかから声が響いた。おそらくは本堂の外。

仁王は咄嗟に足を止め、逆に後ろへ一歩跳ぶ。土下座の居合いを警戒したのだ。

謎の声が言うように、この土下座頭巾は足を狙っているかもしれぬ。それを思うと仁王は踏み込むことができずにいた。

――ここに隙あり。

奉行は土下座しながらも左手の指で、くいっ、と自らの背を指し示す。小野寺へ向けての合図であった。

なにを意味していたのか、今度はすぐに察しがついた。

「はっ！　では、御免！」

仁王がやろうとしたように、正面から飛び越えての一撃は有効な攻めとなるはずだ。相手は左右に気を配っている。どうしても上や前には隙ができた。

今度は、小野寺がそれをしようというのだ。

先ほど向こうがしたように助走のため、ぐっと一瞬腰を落とす。――だが仁王は、意図を察してさらに一歩後ろへ下がった。

跳びかかり戦法の弱点は明白だ。距離を取れば相手が着地した隙を突くことができる。己が先に使おうとした手だけあって、仁王はすでに手を打っていた。

小野寺は、跳ぶのを読まれていると知りながら――。

跳んだ。

一歩目は、地を蹴り。そして、

（――お奉行、御無礼仕《つかまつ》る！）

二歩目は、土下座の背中を踏んで。

奉行を跳び越えるのでなく、奉行の背を踏み、跳んだのだ。

これなら相手が後ろに下がろうと台座の分だけ遠くへ跳べる。――仁王は驚きと混乱、恐怖から、まだ斬られる前というのに、

「おおおッ⁉」

と震えるような叫びを上げた。

次の刹那、小野寺の峰打ち幹竹割《からたけわ》りが縦一閃。男の脳天から鈍い音が発せられ、小太刀を落として床へと崩れる。

手強《てごわ》き敵であった。――さすがに小野寺が負けることはあるまいが、それでも手傷ひとつ無きまま勝てたのは奉行の土下座《ちから》によるものだ。

咄嗟に背中を踏ませた、その判断。その寛容。

小野寺ならば合図の真意に気づくはずという、その信頼。

いずれも〝どげざ奉行〟牧野駿河守ならではであったろう。

――これにて、やっと残りはひとり。

この場の頭目、マシラ堰の久兵衛のみだ。

「こぶ巻き！　久兵衛おじさんが逃げるぞ！」

咲く良の声で出入り口へと目を向けると、箪笥そっくりの後ろ姿が本堂から逃げ出していくところであった。

「辰三よ、頼むぞ」

「へい旦那」

いかつい風貌に反して斬り合いの間はひっそり目立たぬようにしていた辰三であるが、彼の真価はここからである。

この猪は尾行の名人。逃げる久兵衛の後をひそかに追って、仲間や隠れ家を突き止めてくれるはず……であったのだが、

「──おっと、逃がしゃしねえぞ！」

外から聞こえたのは、先ほどの『足を斬り落とされっぞ』と同じ声。

（この声、まさか……!!）

改めて耳にし、気がついた。これは以前より聞きなれた──しかし耳障りで不愉快

な、あの男の声ではないか。

次の瞬間、本堂の外で、

——がんッ、がつッ、がんッ

と鈍い音が繰り返し響いた。

聞き慣れた響きだ。今のは十手で人を殴る音。同時に「ヒイッ」と悲痛な叫びも。

やがて、失神した久兵衛の巨体をずるずる引きずり本堂へと入ってきたのは……。

「重吾よォ、また好き勝手やってくれたじゃねえか」

「……やはり財前《ざいぜん》、お前であったか」

人呼んで〝花がら孝三郎《こうざぶろう》〟。

南町奉行所の廻り方同心序列六位、財前孝三郎であったのだ。

「悪ィが、こいつは南町が追ってた件だ。北町は引いてもらうぜ」

「貴様、またもそれか！」

七

財前孝三郎は同心ながら、小野寺重吾の宿敵である。

ふた月前の『竹五郎河童《たけごろうかっぱ》』の一件では、この派手な着物の幼なじみに殺されかけた。

――一方で小野寺もこやつの頭を十手でぶっ叩き、頭蓋にひびを入れてやった。

おかげで奇《く》しくも宿敵同士、額におそろいで晒し布を巻いている。見た目だけなら仲良しふたり組のようでもあった。　納得いかぬ。

「財前よ、月番《つきばん》は我ら北町であるぞ。南町同心は暦も読めぬか？」

「うるせぇよ。こんなデケぇ件、ひと月でなんとかできるはずねぇだろ」

デケぇ件ということは、南町も〝蝦蟇ちどり〟を追っていたのか？

「そりゃ、いつぞやの河童のときゃあ俺たちが後から割り込んださ。けど今度は違う。真面《まじ》で何か月も前からずっと『あ』の字を追ってたんだよ。――ったく、ずっと泳がせてたってえのによォ、てめぇが踏み込んだせいで台無しじゃねぇか」

やはりか。『あ』の字は阿片。

話しぶりを聞く限り、どうやら本当であるらしい。

「そうか……。それは多少、悪かったかもしれんな」

「アア、悪ィんだよ。――詫《わ》び料がわりだ。マシラ堰の久兵衛一味、こいつらの身柄は全員南町《うち》で貰ってくぜ」

「なんだと、そんな無法があるか！」

「じゃ、やるってのかい？　その疲れ切った体でよォ」

〝花がら孝三郎〟といえば、南町でも一、二を争う剣士である。一対一ならわずかに小野寺の腕が上回るが、今は大立ち回りが終わった直後。財前の言う通り、立っているのがやっとであった。

(無念だが、従うしかあるまい……)

一人であれば斬り死《じに》覚悟で挑んでいたろう。だが負ければ咲く良や辰三の身も危ない。南町ならそのくらいの出鱈目《でたらめ》はする。

他者の命を危険に晒してまで意地を張るのは、彼の『しゅうとめ道』に反した。財前もそれがわかっていたからこその無理難題であったろう。

「クッ……。わかった、今は退《ひ》いてやる」

「オォ、帰《け》ぇれ帰ぇれ」

嚙んだ唇から血が滲《にじ》む。

だが口よりも、踏みにじられた正義が痛い。

いつの間にか雲が出て、月は半分隠れていた。

「行くぞ、辰三、狸」

「へえ旦那」

「………」

頼りない薄曇りの月の下、小野寺たちは夜道をトボトボ去っていく。

悔しい限りだ。賭場に乗り込み、大きな騒ぎを起こしたというのに、得られたものはほとんど無し。

しかも〝花がら〟の言葉が本当というなら、南町はとっくにマシラ堰の久兵衛のことを摑んでおり、小野寺はただ邪魔をしただけであるという。

だとすれば、今夜のせいで江戸の太平は遠のいた。

小野寺のせいで〝蝦蟇ちどり〟に苦しむ者が、また増えるかもしれぬのだ……。

（しかも私は、財前のやつに助けられたということになるのか？）

小太刀使いの仁王とやり合っていたとき、あやつの『足を斬り落とされっぞ』の声が無ければ、さらに苦戦していたはず。

財前にしてみれば、ここで北町の同心が死んでは話がややこしくなると、己が都合で助けただけであったろう。なので感謝の念などさらさら無いが、それでも無念に変わりはない。

三人は無言で歩いていたが、

「オウ、こぶ巻き」

沈黙を破ったのは咲く良であった。

「賭場でさ、土下座した頭巾のお侍さァ、ありゃあお奉行サマだったのかい？」

「……そうだ」

そういえば、いつの間にか姿を消していた。

お忍び慣れした牧野駿河守だけのことはある。財前が現れて話がややこしくなる前に、さっさと身をくらましたということらしい。

奉行に礼を言わねばなるまい。それと詫びも。

あの賭場から無事に帰れたのは奉行の土下座のおかげであったし、背中を踏んだことも謝りたい。もちろん向こうが踏めと合図したから従ったまでだが、それでも一言謝罪せずにはいられなかった。

奉行の背まで踏んだというのに、手ぶらで帰る不甲斐《ふがい》なさを。

ただ――、

「そうかい、やっぱお奉行サマだったのか……。なぁ、たぶんなんだけどよ――」

咲く良の想いは、小野寺とはまた別のところにあったようだ。

なぜか肩を小さく震わせ、いつもの不敵不遜さなど微塵《みじん》も感じられぬはにかんだ面持ちにて一言ぽつり。

「……あの人、わっちのお父《と》っつあんだ」

「なんと⁉」

まさかとは思っていたが本当にそうであったとは。

かぼそい月のそそぐ光が、頰できらりと照り返す。

蓮っ葉狸は泣いていた。

幕間の肆

蛇《カガシ》の蔵六が『雇い主』のもとを訪れたのは、その夜遅く。

そろそろ四つ半（午後十一時）になろうかというころのことである。

「〝あへん先生〟はおいでですかい？」

「蛇《カガシ》か、どうした」

遊郭の一室であった。――しかし〝あへん先生〟と呼ばれた雇い主は着物のまま。寝そべる女郎と一本の煙管《キセル》を、吸い口の紅も拭わず回し吸い。そろってウットリ虚《こ》空《くう》を見据えていた。

売り物の阿片を吸っていたのだ。

（先生、さすがお好きなようで……）

この雇い主、侍であった。

それも旗本。八百石取り。公儀の禄《ろく》を食《は》む身でありながら、阿片の売買という天下の大罪に手を染めていた。

お武家の世も長くはねえなと蛇《カガシ》は思う。

「先生にお報せが……。マシラ堰の旦那が町奉行所に捕まりましたぜ」

「久兵衛が？」

「へえ。上野の賭場を覗いたら、ちょうど大立ち回りの真っ最中で。──どうしたもンでしょう？　こりゃ、ほとぼりが冷めるまで商売を休んだ方がいいような」

だが雇い主はもうひと口煙を吸って蛇《カガシ》を叱る。

「いいや続ける。それと『商売』などと申すでない」

「と、おっしゃりますと？」

「こやつは『護国』。天下国家の一大事業ぞ」

瞳は彼方《かなた》を見つめていたが、映っていたのは尊き理想か。あるいは阿片の見せるまぼろしか。煙管を咥《くわ》えてまたぷかり。

「それとな蛇《カガシ》よ、例の咲く良とかいう娘、ちゃんと始末するのだぞ。──儂《わし》の手下の価値が落ちれば、可愛い阿片《こやつ》の価値も落ちかねん」

伍「あへん先生（前編）」

一

その夜は、たいへんな騒ぎであった。

賭場での大立ち回りで終わりではない。

小野寺たちは奉行所に戻ると、まだ残っていた百木に賭場での件、そして南町の横取りの件を報告した。――ぎょろりとした目の同心序列一位は、杖《つえ》なしで歩けぬ鈴木を除く同心残り九名をすぐさま招集。帰宅したばかりの与力の梶谷にも使いを飛ばす。

そのまま各々の小者も含め三十名近くで奉行所を発《た》った。途中、番屋を見かけるたびに夜番の番太を片っ端から加えていき、いつしか総勢四十名以上。

この人数にて浅草二ツ瀬一家の本家を取り囲む。

やくざ者のくせに立派な屋敷であった。もとは庄屋の住まいであったのだとか。

〝蝦蟇ちどり〟はマシラ堰一味だけでなく、浅草二ツ瀬が一家をあげて取り組む悪事であるかもしれぬ。

なので百木は夜中のうちに、亡き大親分の代理である代貸し頭（乾分筆頭）以下、主だった者たちを片っ端から引っ立ててしまおうという算段であった。

その疾《はや》さは雷のごとし。急がねば逃げられる。また南町に邪魔される。

小野寺は、咲く良を釣り餌にしようとしたことを決して許すつもりはないが、それでもこの見事な手際は認めるしかない。

「――開けよ！　御用である！」

この男、目玉だけでなく声も大きい。これまた雷鳴のようであった。

激しい抵抗が予想された。なにせ相手は気性の荒いやくざ者。

同心側のものものしい人数も、追い詰められた一家の者たちが逃げたり斬りかかってきたりした際の用心だ。

にもかかわらず……。

「旦那がた、お待ちしておりました」

代貸し頭以下乾分一同、一切抵抗することなく自ら進んでお縄についた。

「む……？　ずいぶん諦めがよいのだな？」

「はい。マシラ堰の久兵衛がしていたのは我々本家には関係ないこと。疑いを晴らすためにも奉行所の皆々様には知っていることをすべてお教えいたします」

「そうか……。殊勝な心がけである」

「恐れ入ります。——先ほど南町のお奉行様からも、北町をお手伝いするよう申しつかりましたので」

　またも南町。これほど急いだというのに相手はさらに迅《はや》かった。横で聞いていた小野寺ら、同心一同は歯嚙《はが》みする。

　代貸し頭の愛想のよさはやくざ者と思えぬほどであったのだが、それも『今ごろ来たか』と嘲っているようでもあった。

（つまり二ツ瀬一家は、もとから南町と組んでいた？　マシラ堰一味を探るために奉行所が力を借りていたのか？　それとも……まさか〝蝦蟇ちどり〟の一件、裏に南町がいるとでも⁉）

　まだ真相はわからぬ。だが、少なくとも二ツ瀬一家の者たちからは、たとえ拷問《せめ》を与えようとも得られるものは多くあるまい。

　こやつらがなにかを知っているなら、マシラ堰の久兵衛同様、南町に引っ立てられているはずなのだ。

小野寺が歯噛みしていた、同じころ――。

先に同心屋敷へ帰った〝げんこつ咲く良〟は、客間の布団で思い出す。

あの晩、盗み聞きしたことを。

（お奉行サマが、わっちの……）

浅草の大親分こと二ツ瀬の長治が死んだのは、ひと月半ほど前になる。

中風（脳卒中）であった。享年七十二。若い嫁と子供が二人。――この実の家族への遠慮から咲く良はなるべく家に居つかぬようにしていたが、それでもよい親代わりであったと思う。

そんな彼女は通夜の晩、長治とは義兄弟である余所《よそ》の一家の親分たちが内緒話をしているのを偶然陰から聞いてしまった。

『――ということは、あの咲く良の胤《たね》は……』

『――そう、お奉行様よ』

ただの聞き間違いだと思った。自分の父親が町奉行であるなんて。

だが瓦版によれば、なんでも今のお奉行は〝どげざ奉行〟と呼ばれているという。

『奉行』と『土下座』。

幼い咲く良があの日見た、父の土下座が蘇《よみがえ》る。

——そして今夜、彼女はついに牧野駿河の土下座を目にした。

(あの土下座、間違いない……!! お父《と》っつあんのとおんなじだ!)

見間違えることなどあるものか。

あの土下座、子供のころからずっとまぶたに焼きついていた。

でも、だからこそ……。

二

翌朝となる。

空はかすかに薄曇り。小野寺は夜明けと共に起き、庭で木刀の素振《すぶ》りをする。

快調だ。屋敷に戻ったのは暁七つ(午前四時)ごろで一刻《いっとき》ほどしか寝ていないが、それでも疲れは取れ、腕力や握力も戻っていた。——昨夜〝花がら孝三郎〟と対峙した折、このくらい万全であったならマシラ堰どもの身柄を譲らずに済んだろう。

あやつの頭をかち割っていたはずだ。

（……悔いは多いが、いつまでもクヨクヨすべきであるまい）

眠ったおかげで、少しは気が前向きになっていた。

大駒こそ逃したが、昨夜はいくつかの事実がわかった。今はそれでよしとしよう。

〝蝦蟇ちどり〟に浅草二ツ瀬一家のマシラ堰一味がかかわっていたこと。

南町奉行所は、だいぶ前から事態を把握し、一味を見張っていたということ。

その南町は、二ツ瀬一家と組んでいたこと。

さらには、夜中はそれどころではなかったが……、

（よもや、あの蓮っ葉狸が――）

まさか〝どげざ奉行〟の落とし胤とは。

（あの娘に、今後はどのような顔で接すればいいのやら。今さら愛想よくするのも性に合わぬし……。これまでと同じように話すことができればよいが）

雑念混じりで素振りをしたため、つい握力が緩み、木刀が手からすっぽ抜けた。

己が剣、まだまだ未熟。その飛んでいった木刀を――、

「――おっと。危ねえなァ？」

ぱしり、と白魚の指が宙で掴む。

「気ぃつけな。妹殿やおすゞのちびなら怪我してたかもしれねぇぜ」

「……狸か。すまぬな」

咲く良であった。

それも昨日の朝に続いて、また寝間着代わりの薄肌襦袢だ。

「早起きなのは偉いが、そのような姿で庭に出るものではない。また八重のやつに叱られるぞ」

「はン。そうは言うが、ふた晩もここで世話になってんだ。もう自分の家みてえなもんだし、家ならこのくれえの恰好、普通だろ」

「図々しい。たったふた晩で屋敷を乗っ取られるわけにはいかん。だいたい自分の家でも着物は着ろ。私に見られて嫌ではないのか？」

「ははッ。あんたの妹殿からの借り物だぞ？　妹の襦袢じゃ昂《たか》ぶれめえ。それとも意外とそうでもねえのか？」

最後の問いについては無言を貫くことにした。こんなの、どう答えようとからかわれるだけに決まっているではないか。

（……とはいえ、思った以上にこれまで通り接することができた。ありがたい）

この蓮っ葉、品は無いが、摑みどころのなさはどこか奉行に似ている気もする。

（顔も、美しいのは母譲りであろうが、父親の面影もよぉく見れば、ほんのわずかにあるような、ないような……）

面立ちを眺めていると、長い睫毛《まつげ》の瞳と目が合った。

いかん、またからかわれる。小野寺は慌てて視線を逸《そ》らそうとするが――、

「なァ、こぶ巻きさァ」

向こうは逆に、黒目がちの双眸《そうぼう》にてジッとこちらの顔を見返してきた。

相手は小娘ながらも美貌の持ち主。こうなると男というのは目を動かせなくなるものだ。堅物の〝しゅうとめ重吾〟とて同じこと。せいぜいが、

「……どうした？」

と訊《き》き返すのがやっとであった。

「ゆうべさ、お奉行サマがわっちのお父っつあんかもって話をしたろ」

「ああ、していたな」

小野寺はさっきからずっとそのことを考え、ゆえに顔を見つめていたのだ。

咲く良は急にこの娘らしからぬ深刻な面持ちになるや、蚊の鳴くようなぽそぽそ声

にて――。

「……ありゃ、嘘《うそ》だ。全部でたらめ。忘れておくれ」

「なんだと？」

そのようなことがあるものか。

間違いや勘違いであるならともかく嘘偽りのはずがない。――昨晩、この娘は父親のことを語る際、ひと筋の涙を流していた。

暴れん坊の蓮っ葉狸が、夜空の下で泣いていたのだ。

あんな涙と共に出た言葉が、人を騙《だま》す嘘のはずがない。

「狸よ、なぜ嘘などと？」

「別に……。嘘だから嘘なのさ。いいだろ、それで」

「……そうか」

しばらくすると妹の八重が庭に来て、咲く良が肌襦袢一枚なのを見るや、カンカンに怒りながら屋敷の中へと引きずっていく。

おかげで話は途切れたが、小野寺にはやはり嘘とは思えなかった。

（……狸娘なりに考えた末のことであろう）

あの狸、ずいぶん早くから起きていたが、本当は寝ずに悩んでいたに違いない。

朝餉の際もどこか上の空のまま飯を食い、仲が悪いはずの八重にまでひどく心配されていた。

三

その後、小野寺と辰三は奉行所へ向かう。——咲く良は、とりあえず屋敷に待たせておいた。

「では辰三、縄張りの見廻り、任せたぞ」

「へえ。あとで落ち合いやしょう」

奉行と顔を合わせたら、咲く良のことはどう伝えよう？　狸本人は黙っていてほしいのだろうが、本当にそれでよいのか？　娘が近くにまで来ていると教えるべきではなかろうか。

（狸が『嘘だ』と申したのは、父に迷惑をかけたくないからであろうな）

ただ隠し子がいただけならばともかくも、やくざ者が親代わり。しかも死んだとはいえ〝蝦蟇ちどり〟の二ツ瀬一家だ。露見すれば奉行の職を失いかねない。

もし『娘などおらぬ、その女のかたりである』としらばっくれれば、大事にならずに済むかもしれぬが……。

（咲く良が怖《おそ》れているのは、むしろそちらの方であろうか。かつて捨てられた父親に、またも捨てられることになるのだ）

小野寺も親を早くに亡くした身。

自分を捨てた父親であろうと恋しい気持ちはよくわかる。なにか理由があったのか確かめたい。そして幼いころのように抱きしめられたい。

一方で、再び捨てられる恐怖もわかる。もしそうなれば蓮っ葉狸の心魂は粉々に砕けてしまうであろう。

（あのお奉行であるから、悪いようにはせぬと思うが……）

悩みながら奉行所の門をくぐり、廻り方同心の詰め部屋へと向かうと――。

「――梶谷様、貴方のせいでございましょう！」

「――し、知らん！　誤解だ！」

廊下で騒ぎが起きていた。

先に来ていた廻り方同心数名が、与力の梶谷を取り囲んでいたのだ。

（これは……なにが起こっているのだ？）

当然ながら、与力は同心より身分が上。序列ではなく『身分』に差がある。同心が与力に喰ってかかるなど本来許されぬことであった。

そのような行い、普通は〝しゅうとめ重吾〟以外はしない。

ちなみに同心序列一位の百木もいたが、さすが冷静で、他の者たちを「やめよ、下がれ」と必死になって窘《たしな》めていた。――しかし、それでも一同の熱は冷めやらぬ。

いったい、なにが……。

「――梶谷様が南町に我らの動きを教えていたのでございましょう⁉　だからマシラ堰は横取りされ、二ツ瀬一家もなにやら言い含められたあと！　おかげで無駄足を踏まされたのです！」

なるほど、そういうことであったか。

梶谷は北町の与力でありながら南町と通じている。――それは紛れもない事実であった。

先々月の『竹五郎河童』の一件でも、探索の進展具合を南町奉行の遠山左衛門尉《とおやまさえもんのじょう》へと報せ、おかげで小野寺と鈴木《すずき》信八郎《しんぱちろう》は殺されかけたのだ。

内通を見抜いた小野寺は周囲に言いふらしたりなどはしなかったが、それでも人の口に戸は立てられぬもの。いつしか廻り方同心たちの間では当然のこととして語られるようになっていた。

――ともあれ気がつけば、小野寺同様あとから出仕してきた同心たちも集まって、人だかりができていた。しかも、その多くは、

「――そうだ、そうだ!」

「――大事件の探索中というのに、なにをお考えであるのか!」

と、いっしょになって与力を責めた。見たこともない光景だ。

(私以外が皆、しゅうとめになっているとは……)

小野寺は、どこか一歩引いた心持ちとなっていた。

普段は自分がこう見えているのか。なにやらひどく面《おも》はゆい。

いや、それを抜きにしても、どこかがおかしい。

理由はわからぬが、なにやら妙なところがあるような……。

「――小野寺、お前もなにか申せ！」

「――そうだ！　一歩間違えれば、小野寺はまた南町同心と斬り合いになっていたのですぞ！」

「――我ら同心の命をどうお考えか！」

他の同心たちが小野寺の身を案じてくれていた。――本当は自分たちの怒りの裏付けとして小野寺を引っ張り出しただけなのだが、それでも普段嫌われ者の自分としては喜ぶべきことであろう。

当の与力の梶谷は、己を問い詰める声の中、

「だ……だから知らん！　私は関係ない！」

と知らぬ存ぜぬを繰り返すのみ。それが同心たちの心証を逆なでし、騒ぎは大きくなる一方だった。

もとより梶谷はさほど部下に慕われている男でなかったが、それでも近ごろは〝蝦蟇ちどり〟の探索を通じて廻り方の心はひとつにまとまっていたというのに……。

（……やはり、なにやら妙であるな？）

喉に小骨が刺さったような、言葉にできぬわずかな引っかかりがあった。思わず小さく首をかしげる。

(たしかに梶谷様は南町と通じておられるが、こたびは違うようにも思える。なにがどう違うのかはわからぬのだが……)

他にも似たような疑問を持つ同心はいたらしく、人だかりの後ろの方では小野寺同様、小首をかしげる者もいた。

果たしてなにが妙なのか？　やがて梶谷自身が答えを示す――。

「い、いや、その……昨夜の浅草討ち入り、あまりに緊急だったゆえ私に報せが届いたのはお前たちが奉行所を出たあとなのだ！　どうやって南町に報せたと!?」

一同「あッ」と息を飲む。――百木はぎょろ目を横に逸らしていた。梶谷に恥をかかせぬよう口に出すのを避けていたのだろう。

さては百木、やはり梶谷を疑って、わざと報せを遅らせたのか。やはり仕事のできる男だ。――さらには、

「それに、そもそも私が南町と通じているのは、この北町奉行所のためなのだぞ！　あの〝どげざ駿河〟に奉行所を滅茶苦茶にされぬため……!!　いわば保身のため！　なのに、なぜ〝蝦蟇ちどり〟のことを南町に教えると!?　このような天下を揺るがす一大事、手柄を奪われれば自らの立場も危うくなろうに！」

この言葉には同心一同、さらに納得。

そうだ、保身だ。そういえば。

〝蝦蟇ちどり〟ほどの大事とあらば、解決できなかった際に失われるものが多すぎる。たとえば梶谷の場合なら、花形の廻り方を外されてしまうかもしれぬ。役人として常に保身を第一とする、この人物のすることではない。

（なるほど、やはり間違いであったか……）

――と、そんなとき。

小野寺のすぐ背後より、よく耳慣れた声が聞こえた。

「――この問答、どうやら梶谷の勝ちであるな」

「お奉行⁉」

いつの間にやら牧野駿河守が、彼の真後ろに立っていたのだ。

しかも、ここしばらく続いた苛立ち顔ではない。ひさかたぶりの寝ぼけえびす。どこか機嫌よさげな面相である。

奉行は前に出て、梶谷と同心たちの間に割って入るや、

「お主たち、梶谷を許してやってくれ」

同心らへと、まずはぺこりと頭を下げた。

「皆の怒りもわかる。はらわたが煮えくり返る思いであろう。しかし梶谷も与力として北町奉行所のことを考えてのことであったのだ。この儂の不甲斐なさが招いたことよ。どうか、どうかこのとおり許してやってはくれぬだろうか」

牧野駿河の月代《さかやき》は、どんどん真下へ降りていく。膝も曲がり、両手のひらも床へと近づく。

あれをする気だ。すなわち土下座。

禁じられた伝家の宝刀を抜く気であった。

(……お奉行、さすがお見事)

これは、ただ謝ろうとしているのではない。

本当ならば謝罪すべきは同心たち。与力への無礼を、それこそ土下座で詫びるべきであったろう。

だが奉行は、梶谷の側に立って頭を下げることで『悪いのは梶谷であり、同心たちの怒りは正当なもの』という図に創り変えてしまったのだ。

ただの雰囲気といえばそれまでであるが、〝どげざ奉行〟と呼ばれた男が謝罪で創った雰囲気である。梶谷も同心一同も、すっかり飲まれてしまっていた。

奉行の膝や手のひらは、今にも床に届きそう。

〝どげざ奉行〟が土下座で謝ることにより、初めて梶谷の罪は許される。さもなくば許されず一生問い詰められ続けよう。そんな錯覚すら、場にいた一同、覚えてしまっていたのだが……、

「……おっと、いかん。『ど』の字は禁じられておったのだ」

ひょい、と奉行は立ち上がり、下げかけの頭もまっすぐ上げた。

「お奉行ぉ？　拙者のためには『ど』の字をしてくださらないのですか⁉」

梶谷は情けない声にて奉行にすがりつく。本当ならば同心たちを許すかどうか、生殺与奪の権を持つ与力梶谷が。

「いやいや梶谷よ、そうは申してもご老中様がたに禁じられておるのだ。お主も知っていよう？　――同心衆よ、ぺこりしかできぬが許してくれるか」

「は……はい、それはもう……」

同心たちの返事に、奉行は「うむ」と頷《うなず》き、またぺこり。

こうして、この場は収まった。まるで同心らが『土下座抜きで梶谷を勘弁してやった』と貸しを作ったがごとき終わり方。

（なんとお奉行、おそるべし……‼　『ど』の字をせずとも『ど』の字と同じ力を発

揮するとは！）

土下座抜きの土下座。いわば〝真空土下座〟とでも呼ぶべきか。

駿河守の面相は、先ほどまでにも増して上機嫌。――いや、そもそも先ほどひさびさに寝ぼけえびすであったのも、さんざん嫌がらせをされてきた梶谷に仕返しする機を得たからこそか。

だとすればこの奉行、土下座がらみとなると意地が悪い。

（しかし……『ど』の字なしでも『ど』の字と同じことができるというならば、やはりこのお奉行、本当は土下座など必要ないのでは？）

土下座抜きで、ただの名奉行としてやっていけるのではなかろうか。

それは、あまりに野暮な疑念であったろうが……。

「百木よ、儂の部屋へ来い。それと――そうであるな、ついでに小野寺もだ」

駿河守の言葉に、百木と小野寺はそれぞれ「はっ」と返事する。

四

奉行の用部屋に入るや百木は――、

「ご恩情、まことにありがたや。この百木、同心序列一位として御礼申し仕ります」

と畳に手を突き、深々頭を擦りつける。土下座であった。

先を越された。小野寺も昨夜助けてもらったことに礼を言おうと思っていたのに。

一方、奉行は、百木の姿に苦い顔。

「百木よ、頭を上げよ。頭が低い。儂を〝どげざさせ奉行〟にするでない」

土下座禁止《どげきん》以来、相変わらず他人の土下座に対して厳しい。

だが、百木の立場であれば『ど』の字くらいはするであろう。もしも駿河守の助けが無くば、下手をすれば同心らはまとめて腹を切らされていたのだ。

奉行は、そんな感謝の土下座を前に、

「そこまでありがたがることはない。梶谷も助けて欲しそうにしておった。揉めていた双方を助けたのだから、お主が下げる頭も半分でよかろう？」

と、なんとか頭を上げさせようとする。

（梶谷様も助けを？　では、つまり――）

誤解から責め立てられた梶谷だが、彼も本当は同心たちを罰したくなくて、だれかに場を収めてほしかったと？

たしかに部下を一度に厳罰に処せば、上役として自らの責も問われよう。それは望まぬところであるはずだ。

情けない声を出していたのも演技であったということか……？

「あやつも頭を下げに来れば、またも『三方一どげ損』であるな。百木と梶谷は土下座をし、儂だけ土下座をし損ねる。ありがたくもない話よ」

この〝どげざ駿河〟にとって他人に頭を下げさせるのは、なによりの屈辱である。だが、だとしても部下に——否、たとえ見知らぬ者であろうと、他人に救いの手を差し伸べぬなど、そもそも考えの外《ほか》であったに違いない。

この牧野駿河守、自らの屈辱よりも他者の利を重んじることのできる人物。それはずっと一貫していた。

「それよりも、お主たちを呼んだのは別の用だ」

「と申されますと？」

「聞けば、きっと驚くぞ」

牧野駿河守は、ぐっと身を乗り出すや、もったいぶった調子にて一言。

「〝蝦蟇ちどり〟の手がかりを見つけた」

あまりに突然。小野寺と百木はそろって目を剝く。

ここ数日、同心一同が駆け回り、今朝などは大捕物の末になにも得られなかった手がかりを、奉行が独自に摑んだと？

「本当でございますか⁉」

「うむ小野寺よ、嘘など吐《つ》かぬ。──ふふ。こうして並んで目を見開くと、やはり百木の方が大きなぎょろ目をしているのだな」

　奉行は鯉《こい》でも呼ぶように、ぽんぽん、と手を叩く。

　襖を開けて入ってきたのは──。

「これはこれは小野寺様、ご機嫌うるわしゅうございます」

「なんと、菊《きく》ではないか」

　この老婆こそ〝夜目鴉《よめがらす》の菊〟。もと盗賊の頭目で、ざっと七十すぎの歳でありながら、妙にしゃんとした佇《たたず》まいの女であった。

　最近は小野寺の屋敷の近くに住んでおり、雨続きで風邪を引いて寝込んでいると聞いていたので妹の八重に薬や食事を届けさせていたのだが……。

「出歩いても平気であるのか？」

「ええ、すっかりよくなりまして。あれほど御世話になったというのに、ご挨拶が遅れて申し訳ございません……。実は昨日、お奉行様よりお使いの御用をいただいて、さっそく出かけておりました」

「お使い？」

菊がちらりと奉行に目をやると、寝ぼけえびすはこくりと頷く。

話せ、の合図であったようだ。

「お奉行様がおっしゃられるには、なんでも品川のどぶ板長屋で、地主と店子が家賃を上げる上げないで揉めているとか。下肥の出来が落ちたとかで」

そういえば奉行がそんな話をしていた気がする。

どこの長屋でも店子の糞便《ふんべん》は商品である。百姓に下肥として売ることで地主は銭を得る仕組みになっているのだ。――その実入りが落ちた分、家賃を上げようとしていたらしい。

「なので私はお奉行様に代わり、長屋の様子を見に行ったのでございます。……が、なんと長屋の店子のひとりが布団でウンウン唸《うな》りながら、今にも死にかけておりました。よく見れば、その……腹に糞《くそ》がつまってぱんぱんに膨らんでおりまして」

「死にかけ？　しかも糞づまりだと……？」

老女でもと盗賊のくせに『糞』という言葉を口にするのが恥ずかしかったらしく、菊は年ごろの乙女のように真っ赤な顔になっていた。

「ええ、殿方の――それもお奉行所の皆様がたの前で、はばかられる話でございますが……たまにしかひっていないのですから下肥の量も減るというもの。出したところで質も落ちておりましょう」

聞いているだけで、腹が苦しくなってきた。

しかし、さすがは牧野駿河守。貧乏長屋の件を気にかけていたのは小野寺も知っていたが、人を現地に遣《や》って理由を調べさせていたとは。

やはりこの駿河守、土下座がなくとも名奉行と呼ばれるに十分な人物であった。

「しかも、その店子は西国生まれの行商人で、訛りもあってか隣近所とろくにつき合いがなかったとか。おかげで周りもなかなか具合が悪いことに気づかなかったそうでございます」

「そうか、気の毒に……。しかし、それと〝蝦蟇ちどり〟がどう関係する？」

「奉行所の皆様が阿片のことを調べているのは、お奉行様から伺っておりました。わたくしも裏の渡世で生きてきた身。多少は存じてございます。――阿片には下痢止めの効能もあるため、吸い過ぎると糞で腹が張ることがあるのです」

「なんだと！　つまり、その者は阿片を……〝蝦蟇ちどり〟を吸っていたと⁉」

「はい。手持ちのぶつは吸い切っておりましたが、煙管の滓《かす》を嗅いだところ、たしかに阿片の匂いがいたしました。――〝蝦蟇ちどり〟とやらであるかどうかまでは、わたくしにはわかりませんが」

なぜ阿片の匂いを知っていたかは詳しく聞かぬことにした。年季の入った女賊だけあって、この老女も過去にいろいろあったのだろう。きりが無い。

いずれにしても、これまで江戸中探して見つからなかった『阿片を吸っている者』を、ついに一人見つけたのだ。

おまけに場所は品川。二ツ瀬一家やマシラ堰久兵衛の縄張りがある浅草、上野からは離れている。——別の一味からぶつを買ったに違いない。

奉行の言う通り、これは大きな手がかりに繋《つな》がろう。

「菊、お手柄であったな」

「いいえ小野寺様、ただのまぐれ。もし手柄というのなら貧乏長屋の店子を案じたお奉行様でございます」

否、まぐれではあろうが夜目鴉の眼力あってこそのまぐれであった。

下痢止めの効能については、医薬に詳しい鈴木信八郎《すずしん》も言っていた気がする。しかし腹が膨れていただけで、阿片のせいと咄嗟に思い至れるだろうか？

長屋に遣わされたのが自分であったら見逃していたかもしれぬ……。それを思うと小野寺の背はぶるりと震えた。横の百木も同じであった。

「今、その店子は奉行所のはなれでお医者様と同心の鈴木信八郎《すずしん》様に診てもらっております。いずれ具合がよくなれば、どこで阿片を手に入れたのか聞き出すこともできましょう」

生き証人がいるのなら探索は大きく進むはず。どれほど謙遜しようとも、この老女賊の大手柄。そして菊を遣わした牧野駿河の手柄であった。


小野寺と百木は意気揚々と廻り方同心の詰め部屋へ戻る。

北町にとってはひさびさの明るい報せだ。マシラ堰の久兵衛たちを南町に奪われた今、菊の連れてきた糞づまりこそが〝蝦蟇ちどり〟唯一の手がかりであった。

百木は同心たちを集め、一連の話を語る。

「件《くだん》の糞づまりの男は具合がよくなり次第、詮議にかける。それまでお前たちは縄張りにて他に糞づまりがいないか探すのだ！」

大真面目な顔で『糞づまり』と連呼しても、吹き出す者などだれもいない。真剣そのものの面持ちにて同心一同、どう探すかを模索する。

「――糞づまりの者を見つける方法か。これは難題であるな」

「――それと、こたびの一件、西国の出の者がやたら目立ちはしないか？」

「――西国の出で糞づまりの者を探せと？　はは。だが西国者は都会者気取りで鼻持ちならぬため、人づきあいがろくに無い。江戸っ子を田舎者だと莫迦にしているからな。そんな者の糞都合など他の者はだれも知らぬだろうに」

「――おい、こんなときにふざけるな。真面目にやれ」

冗談のつもりであったのだろうが、意外にその通りであるかもしれぬ。

鼻持ちならぬとまでは思わぬが、たしかに西国者は訛りもあって江戸に馴染《なじ》めぬ者が多いと聞く。――事実、件の店子は糞づまりで死にかけていたのにだれも気づかず、阿片を吸っていたのも近所に知られていなかった。秘密の商売をするには、ちょうど都合のよい客であろう。

だとすればマシラ堰一味は上方風の賭場にて、〝蝦蟇ちどり〟を売る相手を選んでいたのではないか？　西国の出で、近くに親しい者のおらぬ『都合のよい客』を。

（人の寂しさに付け込んで毒阿片を売るとは、ますます許せぬ……）

罪深い。そもそも人は寂しさを紛らわすために阿片を吸うものかもしれぬ。

ともあれ同心たちは喧々諤々《けんけんがくがく》。そのうちに――、

「――そこまでの糞づまりなら医者にもかかっていよう。医者に聞くか」

「――いや、それよりも下肥だ！　そもそも下肥の出来からわかったことではないか。貧乏長屋から大名屋敷まで下肥を出さぬ家はない」

「――それだ！　各々、縄張りにて下肥の量が減った家、質の落ちた家がないかを訊き出すのだ！　西国者ならば、なお怪しい！」

方策も決まって皆立ち上がり、狭い詰め部屋から飛び出していく。

空は薄曇りだが、いずれの面持ちも晴れていた。

五

小野寺は草鞋《わらじ》の緒を、いつもよりもきつめに締める。こうすると心も引き締まったように思えた。他の同心たちも同じように締めていた。

そして皆といっしょに奉行所の門を出たのだが――そこで、ふと気づく。

（……いかん、お奉行に昨夜の礼を申すのを忘れていた）

賭場での出城土下座についての礼である。命懸けで助けてもらったというのに、なにも言わぬというのはあまりに不義理。

（とはいえ、昨夜のお奉行は頭巾をかぶったお忍び姿……。わざわざ正体を隠しておられたのだ。あまり堂々礼を言うべきではないかもしれん）

おまけに土下座禁止《どげきん》以来、ひれ伏すと機嫌が悪くなる。どのように礼を言うべきか。

それと奉行に対しては、もうひとつ迷う件がある。

咲く良のことだ。

『――拙者、お奉行の隠し子を屋敷で預かっておりまする』

そう真っ向から伝えるべきか。あるいは黙っておくべきか……。

（ええい、まずは賭場での礼だけでも！）

ひとり奉行所の中へと引き返し、せっかく緒を結んだ草鞋も脱いで、奉行の部屋へと廊下を向かう。

そして「ご無礼仕る」と襖を開けると――。

「おや小野寺様、お忘れ物でも？」

中には、夜目鴉の菊がただ一人。

まるで、ただの女中であるかのように部屋をはたきで掃除していた。

もと盗賊を部屋で一人にさせるとは。奉行は菊をよほど信頼しているらしい。

「いいや、忘れ物ではない。お奉行はどこにおられる？」

「ちょうど今、お客様がおいでになられ奥の座敷に向かわれました」

「そうであったか……。ならば、今度にするとしよう」

入れ違いならば仕方ない。悩みを後回しにできて助かった。

小野寺が出ていこうとした、その去り際を——、

「……お待ちを」

と、菊が袖を掴んで引き止める。

「どうした急に？」

「せっかくでございます。お奉行様とお客人のお話、立ち聞きされていかれては？

お手柄の手がかり足がかりになりましょう」

この老女、いきなりなにを言うのか。

廊下をぐるりと裏まで回ると、目立たぬあたりに小さな物置部屋があった。

掃除の道具を仕舞うための納戸であり、戸はあるものの広さは半畳以下である。

——小野寺は昨日、一昨日と、この部屋の前で内緒話をした。奉行所の建物内でもうんと隅の方にあるため、ほとんど人が通らぬからだ。

菊に手を引かれて、狭い中へと二人で入る。

「この場所、奥の座敷からはだいぶ離れておりますが、声が梁《はり》の硬い部分を伝うのでしょう。ここで盗み聞きができるのでございます」

戸を閉めきると、真っ暗な中でどこからかヒソヒソ声が聞こえた。

男がふたりで話す声。――片方は、たしかに奉行の声である。

「お掃除の手伝いをした際、見つけました。――壁に耳をつけると、もっとよく聞こえます」

見つけたというか探したのであろう。盗賊の手癖だとでもいうのだろうか。

「菊よ、このような場所を探して、しかも他の者に立ち聞きなどさせれば、せっかく得たお奉行の信が失われるぞ？」

「構いません。それに小野寺様にしか教えませんので。――わたくし、実は小野寺様に心底惚《ほ》れておりまして」

「そ、そうか……」

こやつ、またもいきなりなにを言うのか。このような狭い暗闇で。

「なので貴方様にお手柄を立てていただくためなら多少の無茶はするというもの。――糞づまりの店子の件も『小野寺様の手柄としていただけるなら』という条件つきにて、お奉行様に教えてあげたものでございます」

「なんだと？」

納得いった。だから先ほどは一位の百木だけでなく小野寺も奉行に呼ばれたのだ。どう考えても百木にのみ教えればよい話であったのに。

「菊よ、そのような条件づけはさすがにどうかと――」

「シッ。いいから壁板にお耳を。なにやら大事な話が始まったようでございます。向こうに気づかれぬよう、お声をお潜めくださいませ」

ためらいながらも耳を当てると、奉行と客人の声がする。

この夜目鴉の菊が『お手柄の手がかり足がかりになりましょう』とまで言うのだ。聞き逃すわけにはいくまい。

小野寺が耳をすますと……。

「――駿河殿、なんでも北町《こちら》は阿片のことを調べておられるとか。〝蝦蟇ちどり〟と呼んでおられるそうですな？」

「――ええ左衛門尉殿、よくご存じで」

(左衛門尉!? この声、南町の遠山様か!)

南町奉行、遠山左衛門尉景元《かげもと》。

人呼んで〝いれずみ金四郎《きんしろう》〟。——二つ名の通り、その背中一面には彫り物が入っているという。図柄は、ある噂によれば咲き乱れる花、またある噂ではおぞましい女の生首であるのだとか。

巷《ちまた》では人情町奉行であるかのように語られているが本当は小狡《こずる》く卑劣、おまけに冷酷。目的のためなら手段を選ばぬ男である。

その怖《おそ》ろしさは、小野寺もついふた月前に味わった。

(『なんでも』『おられるとか』とはしらじらしい……。南町の横やりで、こちらは苦労しているというのに)

しかし南町奉行がいかなる用で北町に?

まさか気が変わってマシラ堰一味を引き渡してくれるとでも?

小野寺が不思議がっていると、壁板を通じて冬の氷を思わすいかにも酷薄めいた声が耳に届いた。

「〝蝦蟇ちどり〟の黒幕、だれだかお教えいたしましょうか?」

なんと、まさか！

壁に耳をつけたまま、思わず声を上げるところであった。

遠山左衛門尉は、すでに本件の黒幕を突き止めていたというのだ。

「ほほう？　ぜひ聞かせていただきたいものですな。それと、なぜ教えてくださる気分になったのかも」

「教える気になったのは、そちらの手の者が『糞づまりの男』を見つけたゆえ。これまで北町は阿片のことを知りつつも、売る者どころか買った客すら見つけることができずにいたはず」

「これまた、よくご存じで」

「見つからぬよう売る側が気を配っておるのです。たとえば上方風の賭場で、西国者の『ちょうどよい客』を探すなどして」

やはり、そうであったのか。

見つからぬ気配りの効果はてきめんである。事実〝蝦蟇ちどり〟を吸ったという客は、これまでひとりも見つかっていなかった。

「ただ、いかに気を配ろうとも客がひとりでも見つかれば、すぐさま残りも芋づるとなります。糞づまりの西国者を探せばよいだけのこと。――このままいけば北町の同心衆もいずれ真相にたどり着きましょう」

「かもしれませんな」

「ならば、それより先に黒幕を教えてやることで、少しでも我が方が得をしようと思いまして」

異なことを。黒幕を教えることで南町奉行がどのような利を得られると？

そもそも、なぜ糞づまりの店子のことを知っている？　北町の同心たちもつい先ほど知ったばかりであったのに。果たして、どこから漏れたというのか？

（まさか、やはり梶谷様が……？）

牧野駿河も同じく梶谷を疑って、

「北町《うち》の与力から聞きましたかな？」

と訊《たず》ねたが、遠山はすぐさま一蹴。

「いいや、医者から。蘭方医を呼んだのは不味うございましたな」

なるほど、そういうことであったか。

遠山左衛門尉は、幕府の二大派閥のうち阿部《あべ》派となる。――阿部老中は蘭学に比較的だが寛容であるため、遠山も蘭方医に顔が利くということらしい。

「それで左衛門尉殿、黒幕とは？」

「うむ。駿河殿、貴殿は嶋田蓉月《しまだようげつ》なる者をご存じですかな？　直参《じきさん》旗本八百石取り。歳は四十七だったはず」

「いえ、初耳でありますが」

「今は無役ながら、かつては長崎奉行所勤め。当時はシーボルト塾の監視の役に就いており、そのため今も蘭学者どもと縁があるのだとか。気に入った者に手作りの蛙の根付けを配ることから〝がま先生〟と呼ばれておるそうですが……」

「では″蝦蟇ちどり″の財布に下がっていたのは、その男が与えたものか？」

「しかし闇の世界では、もっと通りのよい名がござります」

「ほう。いかな名ですかな？」

「人呼んで〝あへん先生〟。この旗本八百石が、阿片づくりの黒幕にござる」

まさかの真実。よもや幕府の旗本とは。

小野寺は思わず『なんと』と叫びそうになり、慌てて己が口を塞いだ。

（〝あへん先生〟とはふざけた呼び名！　おまけに幕府の旗本が〝蝦蟇ちどり〟を売りさばいていたなどと……。いや、違う。『阿片づくりの黒幕』と？）

ただ売るだけでなく作っていたと？

同心の鈴木信八郎は『伯帯庇亜産《ばたびあ》の阿片に混ぜ物をしたもの』と目利きしていたが、外れであったということか？

牧野駿河守も、その点が気になったらしい。

「では、あの〝蝦蟇ちどり〟、異国ではなく日の本《ひもと》で作ったもので？」

「いかにも。長崎勤めの伝手《つて》を生かし、阿蘭陀《おらんだ》商人から種と道具一式を買い揃《そろ》えたのだとか。どこぞの山中にてひそかに芥子《けし》の花を育て、つぼみを搾って阿片をこしらえ、さまざまな毒にて水増ししたのが貴殿ら北町のいう〝蝦蟇ちどり〟。――ただし、まだ作り始めたばかりゆえ、さほどの量は用意できず、出来もいろいろ試しているところであるとか」

合点がいった。だから客を厳選していたのだ。

今は少数のぶつと少数の客にて試行錯誤の真っ最中。江戸に馴染めぬ寂しき者を選び抜き、完成に至らぬ〝蝦蟇ちどり〟を売りつけていたのだ。

（〝あへん先生〟とやら許し難し！　しかも、このままでは……）

やがて芥子も増え、量も自在に用意でき、客を選ぶ必要もなくなろう。――江戸市中、いや日の本全土で、本腰を入れて売りさばけるようになる。

出来も試しているというのなら、糞づまりの欠点もいずれ解消されるはず。

（そうなれば、もう地獄絵図……。士農工商、富める者から貧しき者まで、日がな一日〝蝦蟇ちどり〟を吸い続けることになろう）

煙を吸うのと引き換えに、銭と寿命をひたすら吸われ続けるのだ。

なるほど、おおよその真相は知れた。

だが、わからぬことが、まだ最後にひとつ――。

「しかし左衛門尉殿、そこまでご存じでありながら、なにゆえご自分の手柄にいたさぬので？」

そう。この疑問。よくぞ訊いてくれた。

なぜに手柄を駿河に譲る？

駿河守の問いに、遠山左衛門尉は一拍置いてから返事をした。この間《ま》で遠山は、はたして顔をしかめたのか、あるいはにやりと笑ったか。

「その者、阿部老中派であるがゆえ」

これまた得心。そういうことであったのか。

南町奉行遠山左衛門尉も、また阿部派。罪を暴けば内輪揉めとなる。それを怖れていたらしい。

「刻が経《た》つほど、ことは大きくなり、露見した際の騒ぎもより大きなものとなりましよう。今のうち、さっさと毒の芽を摘めばまだ誤魔化せるというもの」

しかし市中に〝蝦蟇ちどり〟が広まったあとではそうはいくまい。大義なき大罪だ。対立する水野《みずの》派から責め立てられ、やがては閥《ばつ》ごと潰されよう。

〝あへん先生〟ひとりのために、幕府の権力を二分する阿部派は消し飛ぶかもしれぬのだ。

「いやいや、ですが遠山殿。ならばこそ阿部派の皆さまがたで、内々に手を打たれるべきなのでは？　その方が人に知られずに済みましょうに」

「それはもちろん。しかしこの遠山、己の閥は裏切れませぬ。阿部派一同の信を失いたくありませぬので。――閥の者たちに、それがしが告げ口したと……いや、告げ口するような男と思われては困るゆえ」

そういえば遠山は阿部派では新参者であった。もとは水野派であったが閥を裏切り鞍替《くらが》えしたのだ。いろいろ立場もあるのだろう。

「そこで駿河殿、貴殿に〝あへん先生〟こと嶋田蓉月の野望を阻んでほしいのです」

「そういうことでございましたか」

つまり自分で動くことができぬから、牧野駿河にどうにかしてほしいと頼んでいたのだ。

真相はわかった。しかし、この男が述べたのは徹底して己の都合のみ。ついに『民のため』『市中に毒阿片が撒《ま》かれぬように』といった言葉は出ぬままであった。もっとも、そんな白々しい建て前のない損得勘定のみで語ったからこそ、嘘ではないと信じることができたのだが……。

遠山左衛門尉は、最後に一言つけ加える――。

「ただし条件が一つ。――阿部派に傷がつかぬよう、ちょうどの加減で丸く収めてもらいたい」

「ほほう？　条件つきとは、今日は似たような話が多い」

勝手なことを。『阿部派に傷がつかぬよう』とは、ずいぶん虫のよい頼みである。

牧野駿河守は阿部派と水野派、いずれの閥にも属していない。いかなる理由で阿部派を助けねばならぬというのか？

「続く話を聞けば、この条件、貴殿は飲んでくれるはず。己がせいで天下や千代田のお城が大荒れとなるのは、だれしも望まぬところでしょうから。――よろしいか、この一件の裏には……」

小野寺たちの盗み聞きに気づいたわけでもなかろうが、途中から遠山はうんと声をひそめた。それだけ聞かれたくない話であるらしい。

つまりは、嘘ではないということだ。

六

やがて話も終わり、遠山左衛門尉は南町へと帰っていく。

小野寺と菊も物置を出た。

つい、ふうっ、と大きく息が漏れる……。

「小野寺様、ため息など立派な同心様がつくものではございませんよ」

口うるさいので有名な〝しゅうとめ重吾〟が、もと盗賊に叱られた。この老女なりに慰めてくれていたらしい。

実際には、ずっと声が出ぬよう息をひそめていたので肺腑《はいふ》の中に息が溜まり、それを吐いたというだけのこと。――とはいえ本当にため息くらいつきたい心持ちではあった。

（〝蝦蟇ちどり〟の一件は、天下や千代田のお城が大荒れとなりかねぬものであるのか……）

一介の同心には、さすがに話が大きすぎる。

もちろん、ただの阿片も天下を揺るがす一大事。──だが、どこかのやくざ一家か悪徳商家あたりが下手人で、お縄にすれば一件落着になると考えていた。

なのに実際は、直参旗本が黒幕で、露見すれば幕閣のお歴々やご政道を巻き込む事態になるという。つい、二度目のため息が漏れてしまった。

（こうなると廻り方同心など無意味。お奉行にお任せするしかあるまい……）

──そんな彼の胸の内は、菊に見透かされていたらしい。

「しっかりなさいませ。ここからが小野寺様たち同心様がたの出番でございますよ」

「……？　そうであろうか？　もはや、できることなどないような」

「いいえ、遠山様も申しておられましたでしょうに。『このままいけば北町の同心衆もいずれ真相にたどり着く。ならば、それより先に下手人を教えてやることで』と。

──小野寺様たちのご活躍が、あの〝いれずみ金四郎〟を追い詰め、動かしたのでございます」

なるほど、たしかにそうだ。

あの狡猾《こうかつ》な遠山左衛門尉のこと。北町の同心衆が無能で真相にたどり着かぬとなれば、すぐさま手のひらを返すはず。

きっと今もすべての秘密は明かしておらず、〝蝦蟇ちどり〟と〝あへん先生〟の一件をまるごと闇に葬る用意もしていよう。

そうさせぬためにも、小野寺ら廻り方同心が力を示さねばならぬのだ。

「そうだな……。菊の言う通り、息など吐《つ》いている場合ではない」

「そうでしょうとも」

菊の色褪《いろあ》せた唇が、にいい、と皺の寄った三日月になる。

ふたりは気持ちも新たに奉行所内を歩いていたが、縁側沿いの廊下にて――、

「おや小野寺様、まだ奉行所内におられましたか。先ほど妹様が来ておりましたよ」

庭掃除をしていた中間《ちゆうげん》に、不意に声をかけられた。

「八重がか？　なに用だ」

「さあ。なんでも大事な話があるのだとか。つい今しがたのことなので、まだ門のあたりにおられましょう」

妹が奉行所まで来るなど滅多にないこと。よほどの用に違いない。

急ぎ足にて門より出ると、ちょうど後ろ姿が見えた。

「八重よ、どうした？」

「ああっ、兄上！　たいへんでございます！」

振り返ると、目には涙。

この〝こじゅうと八重〟が泣いていたのだ。やはり、よほどの事態ということか。

「きっと、わたくしのせいなのです。あんなことを言ったばかりに……」

「落ち着け。なんだかわからぬ。ちゃんと話すのだ」

「はい、実は──」

八重は、一旦ごくりと唾を飲み、息を整えたのち兄へと告げた。

「咲く良さんが、屋敷を出ていったのです。文を置いて」

「なんだと⁉」

文を開けば、ただ『せわになった』と別れの一言。

あの蓮っ葉狸め、蛇《カガシ》に狙われているかもしれぬというのに。

幕間の伍

刻はわずかに遡る。――朝から元気のなかった咲く良だが、しばらくすると普段の調子を取り戻し、台所で朝飯の残りを勝手にムシャムシャやっていた。

そんな姿を見れば〝こじゅうと八重〟でなくとも、

「まあ、あきれた。心配して損をしました」

と厭味《いやみ》のひとつも言いたくなろう。

「もしかして咲く良さん、兄にかまってほしくて弱ったふりをしていたんじゃないでしょうね？　あなた、やはり兄上と仲良くしすぎと思うわ」

もとより気の強い娘同士だ。当然、咲く良の方も言い返す。

「へヘッ心配してくれてありがとよ。それじゃ、わっちからも心配をひとつ。――あんまり兄貴にべったりじゃあ、嫁に行き遅れッちまうぞ」

「なんですって！」

そのあとは取っ組み合いの喧嘩である。

〝げんこつ咲く良〟は言うまでもなく喧嘩無敵の女用心棒だが、対する八重もさすが剣豪小野寺の妹。

お互い手加減しつつも互角の勝負を繰り広げ、ついには幼いおすゞに止められた。


咲く良が文を残して消えたのは、その直後のこととなる。

八重は自分のせいと思っていたが、そうではない。咲く良はむしろ喧嘩をしたことで同心屋敷を去り難く覚えていた。

(おもしれえ兄妹だったな……。ははッ妹殿、あんな強《つえ》えとは思わなかった)

彼女の心情は、もう少しだけ複雑だ。

恋しかった父親を見つけたこと。なのに会うのを怖《お》じ気《け》づいたこと。

同心の小者ごっこが意外に楽しかったこと。それは叶《かな》わぬ夢であること。

親代わりのやくざ一家が阿片という大罪に関わっていたこと。自分のせいで死んだ者がいるということ。

そしてなにより、あの勘の鈍そうなこぶ巻き同心が、咲く良の悩みや弱さ、儚《はかな》さをどうやら察しているということ。

こうなると、もう屋敷にはいられなかった。

(さて、と――。どこに行ったもんだか)

昼前から町をぶらつくなんてひさびさだ。

あとを尾行《つけ》てくる気配を三、四人分ほど感じるが、いつもの同心の小者であろう。

もう慣れている。

気にせず町をぶらぶらしていると――、

「――また逢《あ》えたな、嬢ちゃんよ」


人通りの少ない裏道で、いきなり声をかけられた。

振り返れば知った顔。特徴に乏しい人相のため、だれだかしばらく戸惑った。

「蛇《カガシ》の蔵六……!!」

「いっしょに来てもらうぜ。さもなきゃ人質をぶち殺す」

くいっ、と顎で指した先では、手下とおぼしき男二人が、いつぞや助けた皺顔夜鷹を連れていた。

たった一度会っただけ。恩義があるのは向こうの方。
普通であれば、人質になどなり得ぬはずだが……。

陸「あへん先生（後編）」

一

北町奉行所の廻り方で、もっとも仕事のできる同心は百木であり、もっとも剣の腕が立つ同心は小野寺である。

だが、それは他の同心たちが仕事も剣もできぬということを意味していない。

縄張りへと散った同心衆は、下肥の出来が落ちた家や、糞づまりで医者にかかった者をそれぞれ探す。

これまでは暗闇を手さぐりで進むようなものであったが、もう違う。取っかかりさえできた今、彼らは〝蝦蟇ちどり〟の客をひとりまたひとりと見つけ出していた。

奉行所には次々、同心たちより善《よ》き報せが。

「――深川にて、阿片の糞づまり者が一名！　やはり西国者で、なんでも〝あへん先生〟なる者から芸者を通じて買ったとか」

この調子で昼前には早くも三件。奉行所に残る百木は、いつものぎょろ目で満足気にうなずいた。

「よくやった。芸者も逃すな。――しかし〝あへん先生〟とは、お奉行からうかがった通りのふざけた名よ」

牧野駿河守は、百木と与力の梶谷にだけは遠山左衛門尉から聞いた話をある程度だが伝えていた。政治がらみの話とはいえ、さすがに一切を秘密にしては廻り方の一同に遠回りをさせるだけ。

だが、それと関係なく同心たちは、このわずかな刻にて〝あへん先生〟の名まで自力でたどり着いたのだ。

阿片の客は心根が弱い。阿片で弱ってしまうのか、それとも弱いからこそ阿片を吸うのか。問い詰めればすぐに秘密をぺらぺら喋《しゃべ》りだす。

なので客さえひとり見つければ、あとは芋づる式というもの。あっけないほど黒幕にまで一直線。――遠山左衛門尉の『このままいけば北町の同心衆もいずれ真相にたどり着く』という言葉、まさしくその通りとなっていた。

こうして午前のうちから北町同心一同は、その有能ぶりを見せていたのだが――、

（……私は、いったいなにをしておるのだ）

一方で、ひとり冴《さ》えない者もいた。

〝しゅうとめ重吾〟こと小野寺である。――彼は糞づまり探しを小者の辰三に任せ、自らは咲く良をあちこち探し回っていた。

といっても、あの蓮っ葉狸の行きそうな場所などよく知らぬ。

初めて出会った道端や、全員引っ立てられてだれもいない浅草二ツ瀬一家の本家など、ゆかりのある場所を巡るだけであった。

（本当なら、こうまで必死に探す必要などないのだろうが……）

頭では無意味と知っていた。

たしかに咲く良は蛇《カガシ》の蔵六に狙われているかもしれぬが、あの娘は百木の小者が尾行しており、定時に奉行所へと報せが入る。

だから、ただ待っていれば狸娘の居場所はわかる。――なのに、それでも気が急《せ》いて、あちこち探し回らずにはいられなかったのだ。

（そろそろ正午か。奉行所に向かうとしよう）

正午九つ（午後零時）に、百木のもとへと定時の報せが届くはず。

一度、縄張りである上野あたりを見廻ろうかとも迷ったが、まずは戻ることにした。

奉行所の門をくぐり、詰め部屋へと顔を出す――。


「……小野寺か、こちらに来い」


百木から苦々しい顔で呼びつけられた。目は珍しく細まっている。

『糞づまり探しで忙しいのに、なぜ狸娘を探しているのか』と叱られるのだと思っていた。当然のことだ。仕方ない。

おとなしく序列一位に怒鳴られよう。そう覚悟をしたのだが、実際は……、

「すまぬ、小野寺！　釣り餌の娘が攫《さら》われた」

予想と違った。まさかの事態だ。

「なんですと!?　それで、今どこに！」

「わからん。尾行《つけ》ていた小者二人は殴り倒され、その隙にどこかへ連れ去られたのだ」

考え得る限り、およそ最悪の状況であろう。〝決して失敗せぬ男〟とまで呼ばれた最も仕事のできる同心が、決して許されぬしくじりをした。恥ずかしくて二度と件《くだん》の二つ名は名乗れまい。

ただ小野寺としては、今さら百木を責める気は無かった。――囮になったのは本人も納得の上であるし、攫われたのも狸娘が屋敷を去ったことが一因。半分くらいは自業自得というものだ。

それでも、これだけは言わねばなるまい。

「すぐにお奉行へお報せを！　あの咲く良めは、牧野駿河守様の娘です！」

咲く良自身が望んでいまいが、奉行に伝《ち》えぬわけにはいかぬ。

二

そのころ当の奉行は、千代田のお城の中にいた。

遠山左衛門尉が帰った直後、すぐさま駕籠《かご》を用意させ、そのままお城へと向かったのだ。

老中阿部伊勢守《いせのかみ》と〝大御所老〟水野越前守《えちぜんのかみ》、幕府の二大権力者と会うために。

とはいえ特に申し入れなどはしておらず、そう簡単には顔すら見られぬ。

町奉行には中之口廊下沿いに控えの部屋が用意されているが、そこで牧野駿河はただ一人、じっと胡坐《あぐら》で機を待っていた。

ときおり襖に隙間を開けて表の廊下を覗いては――、

「……まだか。なかなか上手《うま》くいかぬものよ」

などとぼやいて、ふたたび首を引っ込める。

ただただ無為に刻は過ぎ、気がつけばもう九つ半（午後一時）……。

「――駿河守様、奉行所からなにやら急ぎの文《ふみ》が」

門の警固の書院番が、文を一通持ってきた。

町奉行所の者たちは、与力であろうとそうそう城内に入ることなど許されぬ。なので奉行の登城中は、こうして使いを挟む決まりとなっているのだ。

文は小野寺からのもの。中を開くと――、

「娘、だと？　ふむ……」

奉行の娘が攫われた、とある。

牧野駿河は難しい顔でしばし考え込んだのちに返事をしたため、使いの書院番に「これを」と渡す。

気にならぬわけではなかったが、今は離れるわけにはいかぬ。

――と、そんなとき。

「む……。参られたか！」

使いが襖を開けた、そのすぐ表の廊下にて。

さらには、同じく廊下の奥の方にて。

駿河守の求める相手が、通りがかろうとしていたのだ。――すなわち老中阿部伊勢守正弘《まさひろ》と〝大御所老〟水野越前守忠邦《ただくに》が、別々に。

ついに好機。ついに来た。

(この機、逃さぬ！)

並びもよい。先に声をかけたい順から、ちょうど近くを歩いている。

まずは近い方。水野越前守から。

牧野駿河守は、すすっ、と静かに近寄るや、

「おや、これは水野様」

何気ない仕草で、ぺこり、と会釈。

「む……。駿河か」

水野は自分が土下座を禁じたというのに、〝どげざ駿河〟が普通に会釈したことに

ついてどこか意外そうな面持ちであった。

しかし、それだけ。それ以上は言葉も交わさず、そのまま通り過ぎていく。〝大御所老〟は多忙であるのだ。――牧野駿河も別段、引き留めたりはせぬ。

この〝どげざ駿河〟、水野越前になにか話があるのではなかったのか？　そのために、ずっと部屋に控えていたのでは？

まさか会釈のためだけに一刻半もひたすら胡坐をかき続けたと？

――いいや、これで終わりではない。廊下の奥にはもう一人。

二大権力者の片割れである老中阿部伊勢守がそこにいた。

しかも牧野駿河に気がついており、離れた距離からさりげなくこちらに目を向けている。先ほどの会釈も見られていたはず。

これでよし。お膳立ては整った。

「おやおや、これはご老中――」

駿河守は廊下をぱたぱた小走りし、阿部伊勢守へと駆けよるや……、

「本日はご機嫌、うるわしゅうございます」

下げた。頭を。流れるような動きにて。

だが、それだけではない。

膝と両手のひらも、音もなく床へと触れさせたのだ。

つまりは土下座。——なのに、あまりに見事。美しい。

まるで舞。まるで能。一連の所作は美麗すぎ、雅《みやび》やかな踊りのごとし。

しかし、若き老中は許さない。

「牧野駿河よ、なにゆえ土下座する?」

美麗であろうが関係ない。自分と〝大御所老〟が禁じたはずだ。阿部伊勢守は駿河を叱りつけようとしたのだが——、

「はて、異なことを。これは単なる辞儀にございます。挨拶しようと、ただ頭を下げただけのこと」

「む、そうか……」

こう返されると叱りづらい。

無論、駿河がしているのは土下座であるが、もとより土下座と辞儀の境は曖昧。今をときめく〝新進気鋭〟の老中が相手とあらば、ひれ伏して挨拶するのにいかな不思議があるというのか。お城でひれ伏したというだけで罰を与えるのは難しい。

「……わかった。だが深く頭を下げ過ぎであろう。頭を上げよ」

「ありがたきお言葉。ですが願わくば、しばしこのまま……。実は〝蝦蟇ちどり〟の件にて連日忙しいためか腰が痛く、この姿勢が楽なのでございます」

「〝蝦蟇ちどり〟とは例の阿片か。ならば仕方あるまいが……」

阿片については阿部派、水野派を問わず気にかけている一件である。

かつて清《しん》国にて起こった阿片戦争のこともあり、権力構造の上に立つ者ほどその存在を怖れていた。江戸や日の本で蔓延《まんえん》するなど絶対にあってはならぬ。

（だが牧野駿河め、なにゆえ今ここで阿片の話を？　――いや、そもそもなにゆえ土下座する⁉　水野越前殿には会釈であったというのに）

阿部伊勢守は謎かけを仕掛けられていた。

いうなれば〝謎かけ土下座〟。なぜ自分には土下座で〝大御所老〟水野越前守にはただの会釈であったのか？

媚《こ》びを売っているつもりか？　――否、むしろ逆であろう。

この男の土下座は戦道具《いくさどうぐ》。威力の強すぎる武器である。

喩えるならば刀ではなく大筒《おおづつ》や軍船《いくさぶね》。そのようなもの平時に軽々しく使われては困るというもの。封じるべき災いの種であった。

だから政敵〝大御所老〟水野越前守と手を組んでまで〝どげざ駿河〟の土下座を禁じたのではないか。

(なのに私には土下座、〝大御所老〟殿には会釈……。もしや駿河め、水野派に加わるつもりか⁉　だから越前殿には武器である土下座を向けず、敵閥の私には土下座を向けたと?)

いいや、それどころかとっくに水野派に加わっているのかもしれぬ。——だとすれば土下座の意味はなお深刻だ。

こちらに土下座を向けたのは、水野の命とも考えられる。

〝大御所老〟水野越前守忠邦が、この老中阿部伊勢守正弘に『駿河守の土下座』という戦道具《いくさ》をぶっ放《き》したのかもしれぬのだ。

つまりは宣戦布告の号砲土下座。

(だが〝大御所老〟様、なぜ今、宣戦の布告など⁉)

まさか阿片の一件と関係あるのか?　だから先ほどわざわざ〝蝦蟇ちどり〟のことを口にした?

(なにもわからぬ……。なんたる謎かけ!　しかも駿河守め、前にも増して綺麗な土下座をしおってからに!)

土下座禁止の反動か。今、駿河のしている土下座は玲瓏《れいろう》そのもの。まばゆいばかり。

引き絞られた土下の弓が、一気に解き放たれたかのよう。

あまりの土下座美に気を取られ、阿部伊勢の思考がまとまらぬ中——、

「ときに阿部様、ひとつ伺いたきことが」

ひれ伏したまま、ただ一つだけ〝新進気鋭〟の老中に問うた。

「阿部様は、嶋田蓉月先生なる者をご存じで？」

「嶋田であるか？」

知っている。今日も午前に会ったばかりだ。

だが、それがどうした？　そして『先生』とは？　町奉行がなぜ嶋田を先生と呼ぶ？　なぜ宣戦土下座のあとに嶋田を先生と呼ぶ？

なにゆえ〝蝦蟇ちどり〟の名を出した上で、嶋田蓉月を先生と呼んだか？

こうして、またも新たな謎を投げかけるや——、

「……では、ご無礼を」

牧野駿河は立ち上がり、そのままいずこかへと去ってしまった。

またも駿河の土下座にしてやられた。——阿部伊勢守は、すでに駿河守のいない廊下の床へその双眸を向けたまま、ただただ無言で立ち尽くす。

まるで過去の土下座の幻影を、見せつけられていたかのごとく……。

三

同時刻。——小野寺は、桔梗《ききょう》門の前にて待っていた。

ここは千代田のお城の通用口。同心は中へ入れない。

少し前、『奉行の娘が攫われ今にも命が危ない』と城内へ文を頼んだ。そろそろ返事が来るはずだ。

（本当ならばお城の中へと乗り込んで『娘様の窮地でござる』とお奉行を連れ出したいところだが……）

いつもは町方同心であるのを誇りとしている彼であったが、今だけは登城を許されぬ賤《いや》しき我が身が恨めしい。

やがて、返事の文が届いた。

中を開けば以下の通り——。

『——儂に娘はおらぬゆえ、これはなにかの間違いであろう。本件は皆に任せる』

なんと、あまりにも素っ気ない。

（牧野駿河守、それでも人の親であるか！）

思わず、声を上げるところであった。

隠し子とはいえ自分の子。命が危ういとなれば心配で、なにをさておいても駆けつけるべきであろうに。亡き自分の両親ならば、きっとそうしていたはずだ。

なのに『儂に娘はおらぬゆえ』とは……。

斬首覚悟でお城の中へと殴り込み、横っ面のひとつでも引っ叩《ぱた》いてやろうか。

（……いや待て、あの御仁がそこまで薄情であるとは思えん。もしやお奉行、咲く良のことを知らぬのか？）

存在そのものを知らぬというのはあり得ることだ。

また、そうでなくとも、なにか認めることのできぬ事情があるのやも。

（そう思って読み直してみれば『本件は皆に任せる』の部分、文字に力が入っているような。だとすれば……）

娘がいたことを知らなかったし、いるのを認めることもできぬが、それでも助けてやってくれ。――そう乞い願われているようにも読めた。

奉行《じぶん》は己の戦いでお城を離れることはできぬ。どうか咲く良を助けてくれと。

（今は一刻を争うとき。真意は、のちに確かめるとして……。お奉行の命だ。ここは任せていただくとしよう）

いずれにしても蓮っ葉狸は助けねば。あの娘、世のため人のために命がけの釣り餌となったのだ。決して死なせてなるものか。

（あやつはきっと生きている。すぐ殺すなら、わざわざ連れ去ったりなどしまい）

問題は居場所だ。果たしてどこに。

——と、そこに走って現れたのは、

「旦那、すぐに来てくだせえ！」

小者の辰三であった。奉行所から小野寺を呼びに来たらしい。

このつるつる猪には、上野の縄張りに行かせていたはずなのだが——。

「どうした、なにかあったのか？」

「へい。咲く良のやつが攫われたそうでやすな」

「うむ。これからお前を呼んで、探し回ろうと思っていた」

「それには及びやせん。──居どころでしたら、もう突き止めやした」

まさか呼び出す前に見つけていたとは。

さすがは腕利きの小者。仕事が早い。


小野寺は一旦奉行所へと戻り、同心序列一位の百木に事態を報せるや、そのまま辰三とふたりで咲く良が囚《とら》われているという場所へと向かった。

本当ならば、浅草二ツ瀬に乗り込んだときのように人数を集めるべきだ。たった二名でなど危なすぎる。──百木もすぐに廻り方同心を呼び集めると言ってくれていた。責任を感じていたのだろう。

しかし、それでは遅い。皆は今、糞づまり者を探しに出払っている。集まるまでは時間がかかろう。なので小野寺らは一足先に現地へ向かうことにしたのだ。

歩きつつ、気になっていたことを訊ねてみた。

「しかし辰三、どうやって居場所を探し当てたのだ？」

「へえ、あっしが上野を歩いていると、昼というのに夜鷹が三人声をかけてきたんでさ。──なんでも、仲間がひとり、怪しいやつらに連れていかれたんだとか。ほれ、よく隅っこにいる皺だらけ顔の」

「ああ、あの。前に狸が助けていた女か」

「そう、その夜鷹でさ。どうやら咲く良を捕まえる人質にしやがったそうで。——皺くちゃ夜鷹は殴られただけで逃がしてもらえたらしいでやすが、その皺くちゃが『あの娘は大恩人だというのに自分のせいで攫われてしまった』と泣くものだから、上野の夜鷹が総出で追っかけ、居どころを探し出したんだとか。『仲間の恩人を助けなきゃ女がすたる』と」

夜鷹たち、そこまで男気あふるる女どもであったとは。弱く儚き者たちだからこそ仲間同士のつながりが強く、恩も忘れぬのかもしれない。

まさに情けは人の為《ため》ならず。咲く良の性根《しょうね》の優しさが、あの娘自身を助けたのだ。

気がつけば天気は雨。しとしと鳴る音と共に着物が湿って重くなる。この暗い空は、小野寺らにとって吉と出るや凶と出るや。

道中で笠《かさ》を買い、できたての水たまりを踏みつつ先を急ぐ。ふたりの行先は上野からさらに一里北。

王子《おうじ》と駒込《こまごめ》の間あたりだ。——王子も駒込も江戸のはずれの界隈であるが、その中間というのは、つまりは双方からも『隅っこ』と思われている土地である。

そんな薄ら寂しい、田畑と草むらばかりの地。

（もう少し先へ行ったら王子であるか……。王子といえば桜と狐《きつね》。桜も駄洒落《だじゃれ》めいているが、狐が出るので知られた土地に、まさか狸を助けに来るとは）

まだ夕刻前だが空は暗い。これでは夜と同じであった。雨はいまだ降りやまぬ。

獣の出そうな村はずれに、ぽつんと寂れた神社が見えてくる。鳥居の朱塗りは剝げちょろで、二匹並んだお狐様も片方首がもげていた。

「旦那、あそこのようですぜ」

「そのようだな」

こうして人質を助けに乗り込むのは、ふた月前の『同心さらい』の一件以来だ。

囚われているのが美貌の娘だからと特段張り切るような〝しゅうとめ重吾〟ではなかったが、それでも気は引き締まる。

「辰三、油断するなよ。ふた月前は、まさに乗り込もうとしたとき、どこぞの大莫迦野郎に邪魔された」

名を呼びたくもない、あの男に。

――と、まさにそのとき。

「――なんだァ、てめえらも来やがったのか」

　これには、さすがに驚いた。

　脇の雑木林から、ぬっ、その大莫迦野郎が現れたのだ。

「財前……⁉」

　南町奉行所廻り方同心序列六位。

　〝花がら孝三郎〟こと財前孝三郎であった。

「ふン、まァいいさ。こっち来な。そのへんに棒立ちじゃ目立つだろ」

　いつものように真っ赤な着物でありながら、隠れていたのに気づかなかった。

「財前、またも邪魔だてする気か！」

「バーカ、俺の方が先にいたんだ。邪魔だてってんなら、てめえらだろ。――けど、ちょうど人手が足りねえし特別だ。手伝わせてやってもいいぜ」

　月番破りのくせに『手伝わせてやってもいい』とは。相変わらず態度が大きい。

四

小野寺と辰三、財前は、雨の雑木林を突っ切って、社《やしろ》の裏へと回り込む。

このおんぼろ神社、思ったよりも広い。――財前が言うには、ここは〝あへん先生〟一味の根城のひとつであるという。

芥子の花は多摩《たま》山中でひそかに育て、汁を集めるまでは現地で済ますが、その後はこの神社へと運び込まれる。

そして様々な毒物を混ぜ入れて調合し、北町でいうところの〝蝦蟇ちどり〟ができあがるのだ。許しがたい。

「神仏のもとで悪事をはたらくとは罰当たりな……」

そんな小野寺を財前はせせら笑う。

「神社仏閣で悪事をすんのは当たり前だろ。賭場だってそうじゃねえか。そもそも坊主だの神主だのって連中はロクなもんじゃねえぞ」

「それは、そうかもしれんが……」

「ここの神主は特にロクでもねえやつでよ、袖の下代わりに阿片をもらって社を貸してやがンのさ。――〝あへん先生〟一味のぶつは、今はまだ少しの量しか作れねえし、糞づまりで腹が苦しくなるってチョイとした欠点もある」

「それを『チョイとした欠点』で済ませるか？　腹が張って死にかけるのだぞ」

「オウ。だが、そのうちに欠点も直るだろうし量も用意できるようにならァ。そしたら、あっちこっちに似たような隠れ家ができるはずだ。阿片を鼻薬として嗅がされた坊主やら神主やらが〝あへん先生〟に自分の寺や社を貸すようになるからな」

財前がどことなく『売る側』の目線であるのが気になったが、ともあれ早めに企《たくら》みを見抜けてよかった。――もし何か月か遅れれば、出来の改良された〝蝦蟇ちどり〟が世に出回っていたかもしれぬ。

「しかし財前よ、信じてよいのだな？　裏切る気ではあるまいな」

「信じろよ。俺だっておめえなんざ大っ嫌いだ。――けど、騙すなら最初《はな》っから姿を見せたりしねえ。前と同じで、いいところで顔を出して手柄を横取りするだけよ」

「そうか……。そもそもお前、どうやってこの神社を見つけた」

「ウチのお奉行に言われて、あの咲く良とかいうお嬢ちゃんを見張ってたのさ。連れ去られたあとも尾行して。おかげで、えれえ歩いちまった」

「遠山様が、蓮っ葉狸を？」

なにゆえ南町奉行が狸娘を気にかける？

しかも財前を使うとは。この〝花がら孝三郎〟は、着物は派手なのに尾行の名人。本気を出せば辰三すらも出し抜ける。――そんな虎の子にわざわざ町娘を見張らせるとは尋常でない。

もしや牧野駿河の娘と知って、よからぬことでも考えていたのか？

小野寺は詳しく問い詰めたかったが……、

「シッ、旦那がた。このすぐ中に居るようですぜ」

本殿の裏で辰三が、咲く良の声を聞きつけた。

三人は窓から、そっと中を覗き込む――。

「――こやつか、例の娘は」

「――ははッ。あんたが〝あへん先生〟とかいう殿サマかい？　気づいてねえかもしれねえが、手下どもは陰でさんざんあんたのことを莫迦にしてるよ」

雨漏りのする本殿に、人がざっと七、八人。――部屋は他にもあるようなので、さらに数名いるかもしれぬ。多くはやくざ者に不逞《ふてい》浪人といった輩《やから》だ。皆いかにも悪党の手下といった面構えをしていた。

そんな中、ひとりだけ浪人とは思えぬ立派な身なりの侍がいた。歳は四十代後半といったあたりか。

この男こそが嶋田蓉月、またの名を〝あへん先生〟なのであろう。

阿片の作用のためか異様な眼光を放っており、白目も黄色く濁っている。

──そんな男の足元で、咲く良は荒縄で縛られ、床に転がされていた。

だが、さすがは恐《こわ》いもの知らずの〝げんこつ咲く良〟だ。身動きすらできぬ、このどんづまりの窮地の中で、

「あんたさァ、売り物の〝蝦蟇ちどり〟自分で吸ってんだって? ははははッ、そんな大うつけの殿様に、まともな手下がついてくるもんかい」

などと挑発の言葉を吐き続けていた。

「ええい、やかましいことよ。黙らぬか」

「はは、黙らねえよ。シラフじゃねえやつの命令なんて、だれが真面目に聞くもんか。おめえの手下もどうせこっそり吸ってるやつばっかりさ。──どんな筋立てなのかは知らねえがシラフじゃねえ親玉とシラフじゃねえ手下がすることなんざ、どうせ上手くいきっこねえ。ご愁傷様ってこったァね」

「黙れと言っていように！　――蛇《カガシ》、なぜ娘を生かして連れてきた⁉」

「あっしも殺すつもりでござンしたが、なんでも渡世の噂じゃその娘、奉行の落とし胤なんだとか」

今、返事をしたのが蛇《カガシ》の蔵六か。

だとすれば少しも人相書きには似ていない。咲く良の口出しもさほど特徴をとらえているようには思えなかった。

「奉行？　牧野駿河守のことか？　駿河の子だからなんだというのだ⁉」

「町奉行所を怒らせたくねえんでさ。ただでさえ阿片なんて目をつけられるモンですし、ヨソとの揉めごとを増やしたくねえ。――だから娘を見張ってた同心の小者も殴り倒すだけで済ましたんで」

この蛇《カガシ》、意外に慎重な男であるらしい。人質の皺顔夜鷹を殺さずに解き放ったのも、夜鷹からシマ代を取る地回りと揉めたくなかったからであろう。

手下を見捨てて逃げる卑劣な男と聞いていたが、卑怯《ひきょう》である分、知恵が回るということらしい。一方で――、

「だからといって、このように無礼な娘、無事無傷で帰しはせぬぞ！」

親玉の〝あへん先生〟は、沈着冷静とはほど遠かった。

やはり阿片のせいであろうか？　吸っている間は鎮静するが、効能が切れれば逆に苛立ちが止まらなくなるという。

ましてや吸ったのが〝蝦蟇ちどり〟であれば、切れたときの苦しさは段違い。そうなるように、この男が作ったのだ。

〝あへん先生〟は煙草盆《たばこぼん》に置いた煙管を手にしてぷかりとひと吸い。――ただの煙草とは異なる香りが窓の外まで漂ってくる。瞳はいっそう異常に輝いた。

「牧野の娘よ、貴様は許しがたきことをした。我が作品を〝蝦蟇ちどり〟などと妙な名で呼んだことよ。――こやつは〝護国救世丹〟！　日の本を狙う欧羅巴《ようろっぱ》の異人どもより、国を護《まも》り世を救うための切り札である！」

「……？　阿片でどう世を救うってんだい。人が苦しむだけだろうに」

「いいや、救えるし護れる。――これは日の本でなく、異人どもに売るのだ」

窓から盗み聞きをしていた小野寺は、思わず「あっ」と息を飲む。

世を救うなどと言い出したときは、阿片の吸い過ぎではと疑った。だが……、

「阿蘭陀商館を通じてな、この護国救世丹を異国へ売りさばいてやるのよ。毒を混ぜた阿片は吸えば吸うほどやめられぬ。さすれば売れて日の本は潤い、逆に異人どもは阿片漬け。――ご公儀は近年ずっと異国が攻めてくるのを憂いておられるが、そんな

憂いはさっぱり消えよう」

「あんた、真面《まじ》か……。どうかしてっぞ?」

小野寺も咲く良と同じ感想だ。どうかしている。やはり阿片の吸い過ぎだ。

とはいえ〝あへん先生〟こと旗本嶋田蓉月の目は、眼光はともかく真剣であった。

「いいや護国救世丹は異人に売れる！　伯帯庇亜産《ばたびあ》のどんな阿片よりも良品であるからだ！　長崎勤めのころに阿片を極めたこの私のお墨つきよ！」

傍《かたわ》らでは、蛇《カガシ》の蔵六が苦い顔。

なぜ娘に語るのか。これでは殺さず帰したときに、父親である町奉行がすべてを知ってしまうではないか。

咲く良は蛇《カガシ》の面持ちに気づき、「ははッ」と鼻で笑い飛ばす。

「やっぱ阿片はよくねえな。人をこらえの利かねえ阿呆《あほう》にしちまう。異国に売るって言ってたが、あんたからしてつまみ吸いしてっじゃねえか」

「ほざけ、娘よ。――蛇《カガシ》、こやつの着物を脱がして裸にし、皆で傷物にしてやるのだ」

「ですが、この小娘は町奉行の……」

「構わん。そのあとで護国救世丹を山ほど吸わせて、心魂をこ、わ、し、てしまえ。それならば告げ口もできまい」

この男、いかれているだけでなく下劣であった。――世を救うなどという立派なお題目と同じ口で、これほど卑しきことを命ずるとは。

さしもの〝げんこつ咲く良〟も一瞬だけだが、びくりと怯《おび》えた顔をする……。

(――ええい、見ておれん!)

あと、ほんの四半刻もすれば、百木ら北町同心がこの場に駆けつけてくれるはず。小野寺らはそれを待ってから中へと押し入る手筈《てはず》であった。

とはいえ、さすがに待ってはおれぬ。

「行くぞ、財前!」

「オイオイ待たねえのかよ? ッたくよぉ」

辰三はその場に待たせ、小野寺と財前の二人は駆け出した。――そして表へと回り、やぶれ障子を蹴倒して本殿の中へ躍り込む。

〝あへん先生〟嶋田蓉月は、突如現れた同心ふたりに黄色く光る双眸を向けた。

「なにやつか?」

「北町奉行所の小野寺である！　神妙にいたせ！」

雨音の響く中、本殿内にざわめきが起こる。

この場にいるのは、多くが雇われ働きの悪党ども。それゆえ北町最強と名高き〝しゅうとめ重吾〟の名を知っていたのだ。

「なンだ重吾よォ、ずいぶん顔が売れてんじゃねえか」

「黙れ財前。貴様だって名乗ればよかろう」

自分とて名の知れた同心剣豪ではないか。だが名乗りを上げるより早く――、

「――殺せ！　そっちの赤い着物から始末しな！」

蛇《カガシ》の号令一下、皆いっせいに財前へと襲いかかる。

相手が二人いる場合、弱い方から先に倒すのが定石である。――ただ、こうなると『弱い方』扱いされた財前は面白くない。

南町一番の剣士〝花がら孝三郎〟は、一番乗りでかかってきた長脇差しのやくざ者を一刀のもとに斬り伏せた。

抜き打ちの横一文字胴払い。ただし死なぬ程度の加減である。血しぶきが派手に上がるが、見た目ほどの深手ではない。

この男が本気で斬れば、腰から真っ二つになっていたはずだ。

「財前、そのままこやつらを引きつけろ。その間に私は狸の縄を解く」

「なんだと、しゅうとめ。ふざけンな。なんでてめえが楽な方だよ？」

だが悪態を吐きつつも断らない。意外に素直だ。財前は右手《めて》で大刀を摑んだまま、左手《ゆんで》で脇差しを抜き二刀となる。

敵の一味は、親玉の〝あへん先生〟や蛇《カガシ》の蔵六も入れて残り七名。さらに騒ぎに気づいて別室から三名駆けつけ計十名。――多い。数だけならばあまりに差がある。しかも半数近くは刀を手にした不逞浪人。

しかし〝花がら孝三郎〟ならば、しばらくはひとりでしのげる。不安はなかった。

（こやつ、不愉快で憎々しいし、以前は本気で殺されかけたが……とはいえ、剣に関してだけは安心できる）

そんなことを考えている間にも花がら剣士は、今度は浪人者をひとり斬り伏せる。

袈裟懸けで、やはり死なぬぎりぎりの傷であった。

――小野寺はその隙に咲く良へと駆け寄り、縄を刀で切りほどく。

ちょうど着物を脱がすべく縄目を緩めていたらしい。おかげで、すぐに五体を自由にできた。

「狸よ、無事か？」

「おうさ、こぶ巻き……。ははッ残念だったな？　もうちょい遅く来てたら裸を見れたかもしれねえぞ」

へらず口を叩いていたが、その唇は震えていた。

「隅にいろ。隙を見て外へ逃げるのだ」

「オイオイ水臭えだろ。わっちにも何人か分けとくれよ」

その拳には、すでに手ぬぐいが巻かれている。こうなると、どうせ言っても聞きはしまい。

「やくざ者だけだぞ。浪人者は私が受け持つ」

小野寺は右手《めて》にて大刀、左手《ゆんで》に十手。財前と同じく二刀流。

不仲のはずの二人であるのに、揃いの構えとなっていた。

「待たせたな財前。私も加わる」

「ふン、モタモタすんな。俺にばっか手間かけさせやがって」

不平を垂れながらも傷ひとつない。やはり無事にしのいだか。

残る敵は九名。しかし、こちらは〝しゅうとめ重吾〟と〝花がら孝三郎〟。おまけに〝げんこつ咲く良〟までもいる。

負ける理由はなにひとつなかった。

小野寺は、まずは一番手前にいた浪人者の肩へと剣を振るった。刃《やいば》を返した峰打ちで、おまけに片手の一撃であるが、北町随一の剣士には関係なきこと。鎖骨を折られた敵は「ギャッ」と叫んでのたうち回る。

まずは、ひとりめ。そこに、隙を突いたつもりであるのか、頬傷のやくざが脇差しを振り回しながら襲ってきた。

愚かしや。隙などない。脇差しは左の十手でがっしと受けられ、そのまま鉛で固めたように動かない。このやくざ者は進むことも退くこともできず、むしろ仲間が攻撃をする邪魔となる。――迂闊な敵は、小野寺にとっての防具となるのだ。

そして反対側より斬りかかってくる浪人を、またも峰打ちにて縦一閃。相手は額を割られて倒れ込む。ついでに頬傷やくざの脇差しから十手を離し、首筋をすとんと叩いて気を失わせた。

これにて残り六名。――咲く良の方に目をやれば、ちょうど匕首やくざをひとり、拳で殴り倒したところ。財前もひとり斬り伏せ、残りは四名。

すでに戦況は逆転している。まだ敵方の方が数は多いが、同心剣豪らの強さを間近で見ては、すでに戦意も保っていまい。

このまま残りの敵どもは、逃げるか降参すると思っていた。あとは、いかに逃げ出す者らを捕らえるか。それだけ考えていればよいはずだった。

ところが誤算がただひとつ。

「ええい、貴様ら不甲斐なや。――私がやる！」

〝あへん先生〟は、すうっと煙管の煙を肺いっぱいに吸い込むや、腰から剣を抜いたのだ。

それも見事な正眼で。

（この構え、道場で正しく学んだ者の構えか……。なんたる厄介）

旗本には『役』の家系と『番』の家系というものがある。役は文人。番は武人。それぞれ文人、武人として先祖代々子々孫々まで幕府のために尽くすのだ。

この〝あへん先生〟嶋田蓉月は、間違いなく『番』の家に生まれた者。はるか先祖より武人として選別され、鍛え抜かれた侍であった。

剣先は、ぴくりとさえも動かない。髪一本の幅ほども。なんたる集中。阿片の効能に違いあるまい。

これぞ阿片剣法。――阿片の鎮静作用により、精神集中、沈着冷静、恐れも知らぬ。黄色い双眸はぎらぎら眩《まぶ》しい。

無論、多少強いだけならば、小野寺や財前の敵ではなかろうが……。
(しかし相手は直参旗本、阿部様派……。峰打ちだろうと倒してよいのか)
太平の世において、侍最強の武器は身分そのもの。
身分の威力《ちから》が加わることで、ただでさえ強い阿片剣士はいっそうの強敵となっていた。
小野寺も財前も、つい、じりじりと後ずさる……。
(やはり、なんという厄介……!!)
だが、そこに──、

──ぱあんッ

乱暴に、やぶれ障子を開ける音。
もう一人、外から男が現れたのだ。──それも小野寺のよく知る相手。
頭巾で顔を隠した侍。
賭場にて小野寺たちを土下座出城の技で助けた、あの土下座頭巾であったのだ。
「お奉行⁉」
わざわざ顔を隠しているのに、思わずそう叫んでしまった。

それを聞いた〝あへん先生〟嶋田蓉月は、濁った眼光を男へ向ける。

「お奉行だと……？　では、この頭巾男は駿河殿か⁉　なにをしに参られた？　いや、それ以上に——なぜ姿を現した⁉　貴殿、剣は不得手と聞いておりますぞ！」

どこか気安い態度であったが、旗本同士知り合いであったのかもしれぬ。

ともあれ、中身が牧野駿河であるならば『なにをしに』の答えはただひとつ。

土下座頭巾は、いつぞやと同じく小野寺と〝あへん先生〟のちょうど間の位置に立つや……。

（——あッ！　やはり、また消えたか！）

またも消えるがごとく頭を下げた。相も変わらぬ見事な土下座。

例の土下座出城となったのだ。

目にした〝あへん先生〟は、

「土下座？　命乞いのおつもりか……。いや違う。こ、こういう一手か！」

阿片由来の沈着ぶりにて、すぐさま土下座の真意を見抜く。

同時に、出城の弱点も。

「ふふ。もし駿河殿が剣の使い手で、その体勢から居合いで足を斬れるというなら、土下座も意味がありましょう……。しかし、違う以上はただの置き物！　ただ邪魔なだけ！　貴殿の土下座、こちらが利用させていただこう」

そう。土下座出城の弱点は明白。

敵もまた、この足元の土下座を防御に用いることができるのだ。——阿片剣士は土下座を挟み、小野寺たちと対峙する。

本来〝あへん先生〟の腕前は、小野寺らに比べてやや劣る。

だが阿片と土下座出城を用いることで、しゅうとめ、花がらの二大剣士と互角の戦いを繰り広げることが可能であった。

（お奉行には悪いが、これではありがた迷惑というもの……）

敵は足を斬られぬと安心し、阿片者特有の大胆さにて無造作に踏み込んだ。土下座の傍ら、土下座の間合いに。

その距離、わずか一間足らず。だが次の瞬間……。

——きらり

と一閃、鉄の輝き。このきらめきは刃の光。

同時に〝あへん先生〟嶋田蓉月は「ううッ」と呻《うめ》くや、そのままがくりと膝を突く。

なにが起きたか理解したのは、当人らふたり以外では小野寺、財前の二大剣豪のみであろう。

（今のは、なんと……。お奉行が斬った⁉）

居合いであった。足を狙った土下座居合い。

土下座で床にひれ伏したまま、抜き打ちの一撃を右の脛《すね》へと喰らわしたのだ。

言うまでもなく、この姿勢から剣を抜くのは至難の業《わざ》。だからこそ権力を手にした者は他人を這《は》いつくばらせるのである。――なのに奉行は土下座のまま、居合いで足を斬りつけた。

〝あへん先生〟の脛から血が噴き出る。

出血は多いが傷は浅い。わざと浅く斬ったのだろう。あの居合いの勢いならば、足を斬り飛ばすくらい本来造作もなかったはずだ。

（お奉行、お見事な腕前……。だが、それ以上にまさか斬るとは）

あの心優しき寝ぼけえびすが刀で他人を傷つけるとは。それが小野寺には、居合いを使えることより驚きであった。

剣を振るわせたのは、悪を許さぬ町奉行としての執念か。

それとも娘を守ろうとする、父親としての怒りであったか。

――一方で〝あへん先生〟こと嶋田蓉月、さすがは『番』の家系の者だ。傷で戦意を失いはしたものの、よろよろと血を流したまま立ち上がり、右足を引きずりながら本殿の外へと逃げていく。

「待てっ、逃がさぬ！」

小野寺は追おうとするが、それを止めたのは頭巾の奉行。

〝あへん先生〟でなく小野寺の方を止めたのだ。――土下座の姿勢から起き上がり、左の手のひらをぱっと広げて。

無言であったが『追うな』の意味としか考えられぬ。

（なぜ追うなと？　遠山様との約束か？）

南町奉行の遠山から『阿部派に傷がつかぬよう、ちょうどいい加減で丸く収めてもらいたい』と条件を出されていたが、それを守ったということであろうか。

たしかに今ここで阿部派の旗本を捕らえてしまえば『傷がつかぬよう』とはいかなくなろう。

（まあ、よい……。あとは、お奉行にお任せいたそう）

本殿の外で、遠ざかる蹄《ひづめ》の音《ね》が聞こえた。あの男、馬を使って逃げたのだ。

こうなると走ったところでもう追いつけぬが、どうせ行き先は自分の屋敷だ。わざわざわざ必死で追うこともあるまい。

この先は、政治の仕事。

同心も剣も役には立てぬ、奉行ただひとりの戦いとなろう。


その後、小野寺、財前、咲く良の三人は、残った手下どもを叩きのめし、縄でひとり残らず縛り上げる。頭巾の奉行は、ずっと黙したまま一同の姿を眺めていた。

気がつけば、蛇《カガシ》の蔵六の姿がない。

逃げられた。おそらくは戦いの最中《さなか》に抜け出したのだ。――形勢不利とみて逃げたのであろう。知恵が回るだけあって機を見るに敏であった。

（これは不味い……。蛇《カガシ》の蔵六、きっとまだ狸娘を狙っていよう）

咲く良がきっかけとなって阿片商売はしくじったのだ。決して許しはせぬはずだ。

（一刻も早くお縄にせねば、この娘が安心して暮らせぬ……）

なんとしても捕らえよう。それまでは自分が蓮っ葉狸を守らねば。

――そんなことを考えながら、ふと当の咲く良へと目を向ける。

彼女はただジッと頭巾姿の奉行を見つめていた。この土下座頭巾が本当に自分の父親であるかを知りたいのだろう。

なのに、ずっと声すらかけられぬ。この勇ましくも図々《ずうずう》しい娘が、なにも言えずに見ているだけとは。

それどころか、向こうもこちらを見ているため、たまに目と目が合うのだが、そのたびに咲く良は慌てて目を伏せた。

(狸め、『お前など知らぬ』と言われるのが怖ろしいのだな)

ずっと焦がれていた父親だ。それゆえ怖くて仕方ない。声などかけられるはずがあろうか。

やがて奉行はこの社を去ることにしたらしい。——土下座頭巾は咲く良の脇を通り抜け、顔も見せず、ろくに目すら合わせぬまま、出入り口から去っていく。

だが、すれ違いざまにぽつりと一言、なにやら小さく呟《つぶや》いた。

蓮っ葉娘はそれを聞き、ただ——、

「あ……」

とだけ声を漏らす。

泣いていたのだ。喧嘩無敵の〝げんこつ咲く良〟が。

くしゃくしゃの顔を手で隠しもせず、流れる涙もそのままに。

「どうした？　なにを言われた」

この〝しゅうとめ重吾〟、中身によっては相手が奉行であろうと容赦せぬ。追いかけて文句のひとつも言ってやらねば。

だが、咲く良が嗚咽《おえつ》混じりで答えることには……。

「同じだな、って……」

「同じ？　同じとは？」

「着物が……あのときのと同じだな、って……」

幼きころ、父の姿を見た最後の日。

父の土下座を見たあの日。

あのときに着ていた着物が、この桜柄。――もちろん同じものではないが、よく似た生地をわざわざ探し、季節と関係なく着続けていた。

父親に、娘と気づいてもらえるように。

「ちゃんと、気づいてもらえた……。憶えていてくれたんだ！」

忘れられていなかった。

自分が父の土下座を忘れたことがないように、父も自分を忘れていなかった。

だから彼女は泣いたのだ。

「そうか、よかったな」

「うん……」

小野寺は、桜柄の着物の肩にぽんと手を置く。親を亡くした者同士だ。気持ちがわかる。羨ましい。——咲く良は小野寺に抱きついて、胸に顔を埋《うず》めて泣き続けた。涙で胸元が熱く濡《ぬ》れる。

（この娘、ずいぶんと小さく華奢《きゃしゃ》なのだな……。今、触れ合って初めて知った）

手などは特に小さくて、まるで散りたての紅葉のよう。

こんなちんまりとした手のひらで拳を握って生きてきたのか。

降っていた雨はいつしか上がり、かぼそい月光が窓から差し込む。着物の模様が照らされて、季節外れの花吹雪が舞っていた。

儚い肩は、ずっと小刻みに震えていた。


北町の同心衆が駆けつけたのは、ちょうどそんなときのこと。

おんぼろ神社に乗り込んだ一同が目にしたのは、縛られた不逞の男ら九名と、蓮っ葉娘に胸で泣かれるしゅうとめ同心の姿であった。

小野寺は、ひどく気まずい思いをした。

五

その二刻後。もう夜更け。

いつしか雲は消え、月はまぶしく天に輝く。雨の名残《なごり》は、はるか地べたの水たまりのみ。

〝あへん先生〟こと旗本嶋田蓉月の屋敷は、お城の北の飯田町《いいだまち》。――血を流しながらも馬でどうにか帰り着くことができた。

その後、医者に手当をさせ、あとは床でウンウン唸るのみ。

傷も痛むが、それ以上に腹が立つ。牧野駿河め、頭巾などかぶって天下の大計を邪魔するとは。

この苛立ちと足の痛みを鎮められるのは護国救世丹のほかはない。

床からずるずる起き上がり、行灯の灯のもと、震える指で煙管に阿片を詰めていると……。

「――殿、お客人が」

襖の外から小姓の声。

こんな真夜中に客だとは。果たして、なに用？

煙管を手にしたまま、嶋田が首をかしげていると――、

「嶋田よ、起きていたとはちょうどよい。起こす手間がはぶけたというもの」

がらりと襖が開き、男が二人入ってきたのだ。

まだ入れと返事もしていないのに。

いずれも身なりのよい侍。しかも両方知った顔。

「怪我の見舞いに来た。大事ないか？」

「ご老中⁉」

ひとりは老中阿部伊勢守正弘。

いわずと知れた幕府の二大権力者の一人であり、嶋田の属する阿部派の首魁《しゅかい》だ。

――しかし、こんな夜更けに見舞いだと？

そもそも、なにゆえ傷のことを知っているのか？　傷のことは、まだだれにも教えておらぬというのに。

ただ、それ以上に驚きなのは、もう一人の客の方。

「おやおや、なんと。噂の嶋田蓉月先生とは、お使者の鷹羽四郎五郎《たかのはしろごろう》殿のことであられましたか」

「牧野駿河守殿……!!」

どうして北町奉行がここにいる？

しかも、しらじらしいことを。たしかに自分は『鷹羽四郎五郎』の偽名で老中の使者をし、千代田のお城でこの駿河守と顔を合わせた。

〝大御所老〟水野越前守の使者『沢瀉於菟五郎《おもだかおとごろう》』と共に、この駿河守に土下座禁止を申しつけたのだ。あのときの使者の片割れである。縁とは奇なもの。――ただ、それは今さら驚くことでもあるまい。とっくに知っていたはずだ。

つい二刻ほど前、おんぼろ神社で顔を合わせたではないか。頭巾姿のお前がこの右足を斬ったであろうに。

寝ぼけえびすの顔を見て、苛立ちと痛みはよりいっそう強くなる。

そんな嶋田の手から阿部伊勢守は――、

「これが〝蝦蟇ちどり〟とやらであるか？」

と、手にした煙管を取り上げた。

「ふむ、たしかに煙草ではない臭いがする。――嶋田よ、私の目の届かぬところで〝あへん先生〟などと呼ばれておるそうだな？　お主の悪行、すべて知ったぞ」

老中阿部が語るところによれば、牧野駿河が嶋田の名を出した上でなにやら意味ありげな態度《どげざ》を取ったのだとか。それで気になり調べさせたところ、阿片の黒幕がだれであるのか知ったという。

もし駿河守が『嶋田殿のしていたのは、このような悪事でございます。ご老中はいかようになさるおつもりで？』などと厳しく責め立てていたならば、阿部は意地を張って無視を決め込んでいたかもしれぬ。

だが、きっかけのみを与えられたからこそ、この一件、阿部老中は自ら手を着ける気になったのだ。

「駿河め、私を土下座で操りおった。怖ろしい男よ」

まるで這いつくばる平蜘蛛《ひらぐも》が、糸で獲物を搦《から》めとるがごとくであった。

なのに牧野駿河はいつもの寝ぼけえびすで惚《とぼ》けるのみ。

「いえいえ、買いかぶりにございます。拙者はただ挨拶で頭を下げただけ」

またも嶋田にとっては苛立たしく、傷もずきずき痛んでくる。

居合いで人の足を斬っておいて、まだ土下座しか取り柄のないふりを続けるか。

さらには、それ以上に不愉快なのが阿部伊勢守――。

嶋田は思わず声を荒らげた。

「ご老中、拙者に謝っていただこう！」

「謝る？　なにをか？」

「決まっております。先ほどご老中は、我が丹《たん》のことを〝蝦蟇ちどり〟、我が行状を『悪行』などとお抜かしなされた！　それを謝っていただきたい。――〝蝦蟇ちどり〟でなく護国救世丹、悪行でなく護国にござる！」

「ほう、護国と申すか」

「いかにも。欧羅巴の夷敵《いてき》を滅ぼし神国日の本を護る救世の業《わざ》。煙を一口吸うたび聞こえまする。のちの世の民草ばらが拙者と救世丹を称える声が。――ここだけの話、我が大望、さる大名家からもお褒めの言葉と費用の援助を受けております。わかる方にはこの素晴らしさがわかるのです。ご老中もぜひお目覚めいただきたい。ささ、お手の煙管を一口だけでも！　それで真理がわかりましょう！」

ひどい早口で、おまけに話の筋道も滅茶苦茶である。

だが、この男は今の言説で老中阿部を説得できると信じていた。それが証拠に――、

「……いろいろと聞き捨てならん。とはいえ聞くにも堪えぬ。困ったものよ」

阿部が左右にかぶりを振り、気のない態度を見せるや否や、

「ご老中！　なぜわからんか、こん呆け者《ふーけもん》が！」

と、またも激昂《げっこう》。閥の首魁たる阿部伊勢守を、もう十年以上も使っていなかった長崎弁にて怒鳴りつける。

この嶋田蓉月は学識があり話も上手い男であった。だからこそ阿部も近くに置いていたのだ。――なのに今この場にいるのは、まるでかつての嶋田の残り滓。

阿片は人の心魂を焼き尽くし、汚らしい燃え滓にしてしまうらしい。

阿部伊勢守は、もう一度だけ小さく左右に首を振る。

「最後に弁明だけでも聞いてやろうと、わざわざ足を運んだが……。もうよい。牧野駿河よ、こやつの罪は私が沙汰する。きっと厳しいものになろう。――これで〝大御所老〟殿には黙っていてもらえるか？」

「無論のことにございます。それがしとしても余計な騒動は望まぬところ」

牧野駿河はそう答え、なぜかその場にひれ伏した。

土下座をしたのだ。――普通であれば、これは『ご老中に従います』を意味する服従の土下座。

だが駿河の場合はそうであるまい。『ご老中の権威など、この自分には通じませぬ。

だから土下座禁止にも従いませぬ』という意思を示す反逆土下座。

頭《ず》は低いのに目線は上から。まさしく〝天地逆転の土下座〟であった。

さもなくば、ただやりたくてやっただけの駄土下座であったか……。

「それでは、これにて拙者はお先に失敬。――それと嶋田殿。お怪我の方、お大事に。町人たちの瓦版風に言うならば……今は養生するが一番。布でも巻きのでは治りますまい」

駿河守はなにやら得意げな顔にて去っていったが、嶋田も阿部伊勢守もその瓦版を読んでいなかったため、ぽかんと見送るのみであった。

結

一

翌日となる。

老中阿部伊勢守は、嶋田蓉月の扱いに悩んでいた。

本当ならば当人は切腹、家は取り潰しとしたいところであったのだが、そのように大ごととすれば対立する水野派に余計なことを勘づかれかねない。

かといって軽い処分で済ませれば牧野駿河守が納得せず、やはり水野派に告げ口をされてしまうかもしれぬ。

どうにか、気づかれぬうちに嶋田を始末できぬだろうか。

いっそ、ひそかに駿河守を殺して嶋田を生かしたままにしておく方が、うんと簡単かもしれぬ……。

そのまま夜更け。

当の〝あへん先生〟嶋田蓉月は、屋敷で護国救世丹を吸っていた。

吸い過ぎで糞が詰まって腹が張るが、今さら気にすることではない。――どうせ腹を切らされるのだ。せいぜい中身をまき散らしながら死んでやろう。

ただ、続けて何度も吸い続けるうちに……。

（……いや、捨て鉢になるのはまだ早い。私の阿片づくりの知識を惜しみ、匿ってくれる者もどこかにいよう。その者に助けを求めるのだ）

皮肉にも、阿片が頭に回ったおかげで思考が冴えた。

牧野駿河も言っていた。『今は養生するが一番』と。なるほど、たしかにその通り。

脛の傷から痛みが引けば、遠くに逃げることもできるはず。

もう一口煙管を吸うと、頭の奥から彼と護国救世丹を称える声が聞こえてくる。

と、ちょうどそのとき襖が開き――、

「──嶋田殿、御息災で？」

ことわりもなく男がひとり、部屋の中へと入ってきたのだ。

「なにやつか⁉」

「拙者にございます。お忘れですかな？」

見慣れぬ顔だ。阿片で頭が冴えていなければ、だれだか思い出せなかったろう。

「……思い出した。貴殿、南町奉行の遠山殿か」

同じ阿部派であるが、ほとんど会ったことのない相手であった。

そういえば、この男の南町奉行所は、この前〝あへん先生〟の手下であるマシラ堰の久兵衛一味を捕らえていた。それも北町を出し抜いて。──なにゆえ、そのようなことをしたというのか？

（もしや……遠山左衛門尉、この私を助けたのか？　北町より先にマシラ堰の身を押さえることで。──だとすれば、こやつは味方であるかもしれぬ）

護国救世丹とその利権が目当てであるのか？　それとも心から夷敵の脅威を憂えていたのか？　いずれにしても遠山は自分を必要としているのであろう。

「これはこれは遠山殿、拙者の見舞いに来ていただけたのですかな？」

「いや、そうではござらぬ。……実は、内々のお話が」

「ほう、内々と」

やはりそうであったか。口もとがにんまり勝手に緩む。

遠山の語る『内々の話』とは……。

「ここだけの話にございますが……貴殿の進めていた阿片商売、拙者が邪魔だてさせていただき申した」

想像していた話と違った。

「……⁉　なんであると？　遠山殿、なにゆえか⁉」

「江戸の太平を守る南町奉行であるがゆえ……というのは建て前。本当は阿片商売を横取りしてやろうと企んでいたのです」

「横取り……？」

「そう。渡世人を使った裏稼業は、拙者の領分でございますからな。シマを荒らされたくないし、そんな儲《もう》かる商いを他人にさせてはもったいない。それゆえ、一番よいときに品も一味も客筋もすべて奪ってやろうと、商売が育つのをじっくり待っておりましたが――」

内容はひどいが、遠山の言葉使いは丁寧であった。上《うわ》っ面《つら》だけでとはいえ閥の先達である嶋田蓉月に一応の礼を尽くしていたのであろう。

——とはいえ、それも途中まで。

「しかし気が変わった。〝あへん先生〟は、もう潰す」

唐突な変節に、嶋田は幻覚を疑ったほどだ。

「つ……潰す？　どうして……」

「理由は、これよ」

遠山左衛門尉はいきなり背中を向けるや、帯を緩めて着物を脱ぎだす。

ああ、やはり阿片の幻か。さほど親しくもない南町奉行が屋敷に現れ、下帯一丁の裸になる——そのようなこと現《うつつ》で起きるはずがない。

救世丹が足りぬから、こんな嘘の光景を見るのだ。〝あへん先生〟嶋田蓉月は、煙管を手に取りもうひと吸い。

幻覚のはずの遠山の背には——、

「見よ。この顔に見覚えは？」

〝いれずみ金四郎〟噂の通りだ。背中一面に彫り物がある。

その図柄は、噂によれば咲き乱れる花か女の生首とのことであったが……答えは、花の方ではなかった。

そこにあったのは、おぞましき女の生首。

それも二つも。美貌の芸者と幼き女童の首だけが、恨めしい顔で睨《にら》んでいたのだ。

（なんと趣味の悪い……。町奉行が彫り物というだけでもけしからんのに、こんなおぞましき図柄とは）

阿片の大罪を棚に上げ、遠山を心の中で責め立てる。

しかも背中の中央には、足跡らしき痣《あざ》があった。——まるで、だれかが踏んで飛び跳ねたがごとき痕。

ただ、遠山左衛門尉が見てほしかったのは、足跡の方ではないらしい。

（……はて、よく見れば生首の顔、どこかで見たことがあるような？）

母らしき芸者と、娘らしき女童、両方を足したような顔をつい近ごろ見かけたような……。

「遠山殿、その生首は……？」

「拙者の捨てた妾《めかけ》と娘よ。——昨日と一昨日、嶋田殿には娘の方が世話になったな」

嶋田は「あッ」と息を飲む。

そうだ、咲く良とやらだ。蛇《カガシ》が攫ってきた娘だ。

一昨日には上野の賭場にて、マシラ堰の久兵衛もこの娘を殺そうとしたという。

（そういえば遠山は若いころにぐれていたため、裏の世界に顔が利くという……）

だから娘を浅草の大親分に預けていたのか。ならば咲く良は遠山の子。

――つまりはこの南町奉行、自分の子供を危機にさらされ、それで怒って乗り込んできたのだ。

「ま……待て、違う！　あれは蛇《カガシ》が勝手にしたこと！　拙者は止めたのだ！」

「嘘まで吐くとは度し難い。――拙者はその場にいたのだぞ。昨日の神社も。さらには一昨日の上野の賭場にも」

「その場に……？」

そういえば、脱ぎ捨てられた着物の柄に見覚えがある。

今まで気づかなかった。あるはずがないと、思い至らなかったためだ。脛の仇であったというのに。

あのときの男が、まさか――、

「遠山、貴殿が土下座頭巾か！」

「いかにも」

北町の牧野駿河守でなく、南町の遠山左衛門尉であったとは。

（駿河に化けていたというのか……？）

己が疑われぬために、人前で土下座までもして？

騙された。たとえ顔を隠していようと、土下座をして『奉行』と呼ばれていたならば、だれもが〝どげざ駿河〟と信じよう。だれが違うと見抜くというのだ。

「莫迦な親と笑うがいい。本当は仕返しなどより、名乗り出て団子でも食わしてやる方が、よほど娘に喜ばれよう。だが――」

そのくらい、遠山とてわかっていたが……。

「だが嶋田殿、お主は殺す」

――翌朝、嶋田蓉月は、自宅の池にて屍《しかばね》となって浮いていた。

どうやら酔って溺れたらしいが、用人ほか屋敷の者らはなにも知らぬの一点張り。

なぜか一同、まるでだれかに脅されているかのように怯えていた。

酔わせて水に放り込むのは、裏の渡世でよく使われる殺しの手口であるという。

二

蛇《カガシ》の蔵六は、江戸市中の某所に潜んでいた。

機嫌は悪い。手下に隠れ家、貯《たくわ》えと、多くのものを失った。

あの奉行の娘としゅうとめ同心には、いずれ意趣返しをせねばなるまい。

だが、それ以上に許しがたきは嶋田蓉月。

よくもしくじってくれたものだ。あの男には、芥子の種に阿片の製法、さらには〝あへん先生〟の名までくれてやったというのに。

(蛇《カガシ》の蔵六の名前も、もう使えねえだろうな……。あばよ蔵六。使い勝手のいい名前だったぜ)

またひとつ、使える偽名と嘘の身元が減ってしまった。

どじな新米あんま、猫背《ねこぜ》の松《まつ》。

武者修行中の浪人剣士、高蔵寺《こうぞうじ》あやめ乃介《のすけ》。

蘭学者、高野長英《たかのちょうえい》。

そして雇われの渡世人、蛇《カガシ》の蔵六。

いずれも愛着のある名であったのだが……。

(仕方ねえ。しばらくは医者のふりでもしていよう)

どさくさにまぎれて嶋田のところから芥子の種をかっぱらってきた。もとは自分が阿蘭陀商人から盗んだものだ。

これさえあれば、いつでも元祖〝あへん先生〟は再起ができる。

三

老中阿部伊勢守が嶋田蓉月の扱いで悩んだように、〝大御所老〟水野越前守にも同じく頭の痛いことがあった。

〝蝦蟇ちどり〟の件ではない。

〝どげざ駿河〟の件である。――先日、お城の中之口廊下にて牧野駿河守が、阿部伊勢守に土下座をしたのだ。

土下座は禁じているというのに。

そのすぐ前に、越前守《じぶん》には会釈しかしなかったというのに。

（なぜ禁じているのに土下座した？　そして、なぜ阿部伊勢めには土下座して、儂には会釈しかしなかった⁉　さては……）

答えはひとつ。

（さては阿部伊勢、〝どげざ駿河〟の土下座の力を自らの物にする気であるな！　それで駿河を懐柔すべく、儂に黙ってあやつに土下座の許しを与えたか！）

調べさせたところ、まだ正式には阿部派に加わっていないらしい。なればこそ土下座を許すことで駿河を取り込む気に違いあるまい。

(阿部伊勢の小僧め、小賢《こざか》しき真似《まね》を……!!)

——誤解であった。そして皮肉でもある。

当の老中阿部伊勢守は、その中之口廊下での土下座のせいで『駿河は水野派に加わったのでは』と疑ったというのに。

(こちらも土下座の禁を解くべきか……? いや、軽々しく解いては示しがつかぬし、もし阿部めが形の上だけでも禁じたままであったなら、逆に難癖の道具に使われかねぬ。禁を解くなら儂と阿部伊勢、ふたり同時でなければなるまい)

〝大御所老〟水野越前守は、さんざん悩んだ末、当の阿部伊勢守に声をかけ……。


——さて、神社での大立ち回りから二日後の朝となる。

小野寺重吾は夜明けと共に、屋敷の庭で素振りをしていた。

爽やかな朝だ。空は晴れ、涼やかな風が五月の湿り気を吹き飛ばしてくれている。

なにより〝蝦蟇ちどり〟の一件が片づいていた。

これほどすがすがしいことはない。

「オッ、やってやがんな」

「狸か。今朝はちゃんと着物を着ているな」

〝げんこつ咲く良〟は、まだ小野寺の同心屋敷で暮らしていた。

蛇《カガシ》の蔵六はこの娘を狙っているであろうし、そもそも帰る場所もない。

彼女が世話になっていた浅草二ツ瀬は、一家を畳むことになったという。――〝蝦蟇ちどり〟の一件で今後はお上に厳しく目をつけられるはず。もう渡世は、やっていけぬ。だったらいっそ、というわけだ。

つまりは、ある意味、咲く良が一家を潰したわけだ。少なくとも、ひと役買ったのは間違いなかった。こうなると、いかに図々しい狸娘であろうと帰れまい。

そのため彼女は住み込み女中という形で、小野寺の同心屋敷に住み着くことになったのだ。

（こやつに料理や掃除ができるとは、微塵も期待しておらぬがな……）

本当は、小者の女十手持ちとして雇うことができればよかったのだが――。

ともあれ、この狸娘、今日は朝からちゃんと着物を着ていた。

いつぞや着ていた借り物のかすりだ。紫陽花を思わす淡藤色。

「いつもの桜柄ではないのだな？」

「まァね。いっつも同じじゃ飽きるし、こっちの柄も似合うだろ？」

まるで憑《つ》き物が落ちたかのよう。

いや、『かのよう』ではあるまい。この娘はこれまで、過去という亡霊に憑かれていた。しかし父親に会えて憑き物が落ち、桜柄でなくともよくなったのだ。

「オウ、こぶ巻きよ。女に『似合うだろ』と訊かれたら、ちゃんと『似合う』と答えろよ」

「ふふ、そうだな。似合うぞ狸」

蓮っ葉狸は「だろ？」と笑った。

――その後、しばらくすると妹の八重がやってきて、

「咲く良さん、女中なのですから朝餉の仕度を手伝いなさいな」

と本物の小姑《こじゅうと》のように狸娘を窘《たしな》める。

「ははッ、兄貴と仲良くしてたからって邪魔すンなって」

「なんですって、このがらっぱち！」

朝五つ（午前八時）前というのに客が来たのは、娘ふたりがつかみ合いの喧嘩を始めかけていたときであった。

「――早朝よりご無礼いたす。拙者ら、さる御方がたの使いにござる」

客人は二人組で、見たところ片や五十代半ば、片や三十手前といったところか。名はそれぞれ『沢瀉於菟五郎』『鷹羽四郎五郎』であるという。

（たしかこの名前、お奉行の言っておられた〝大御所老〟様とご老中様のお使者のもの……。だが、歳が逆であるな？）

奉行からは、〝大御所老〟水野越前守の使者である沢瀉が若く、老中阿部伊勢守の使者である鷹羽が四十代後半だと聞いていたのに。

いや、そもそも鷹羽四郎五郎の正体は〝あへん先生〟こと嶋田蓉月のはず。これも奉行からひそかに教えられた。嶋田であれば表を出歩けるはずもなく、顔もおんぼろ神社で見知っている。

（つまりは、以前とは別の沢瀉於菟五郎と鷹羽四郎五郎というわけか）

どうせ偽名であるのだから、入れ替えるのも簡単であろう。

とりもあえず小野寺は、ふたりに座敷へ上がってもらうことにした。茶を出すと〝大御所老〟の使者沢瀉の方が礼を言う。

「いやいや、ありがたや……。それと早朝からご無礼。我らふたりとも多忙ゆえ、そろって身が空くのがこんな刻しかなかったので」

愛想はよいが目は笑っていない。ただ、それは老中阿部の使者鷹羽も同じ。

この二人、きっと高位の侍だ。着物はわざと安手のものを纏《まと》っているが、瞳の光が権力者のそれである。

果たして、町方同心ごときにいかなる用か……。

「小野寺殿、さっそく伺いたきことが。――貴殿、牧野駿河守に奉行所で一番可愛がられているそうですな?」

「さあ……。いかがなものでありましょうか」

「いいや与力衆に訊ねたところ、皆、そう申しておられましたぞ。――ということは牧野駿河に詳しゅうござろう? そこを見込んでお教えくだされ」

小野寺の返事も待たず、沢瀉於菟五郎はぐいと身を乗り出しながら問いかけた。

「あの駿河守の土下座、禁じた方がよいのか? それとも、好きにさせた方がよいのか? いかようにすべきと思われる?」

なるほど。知りたいことは、これであったか。

牧野駿河の土下座、是であるか非であるか。

(私の答え如何《いかん》によっては、お奉行の土下座《どげざ》禁《きん》止は解けるか、あるいは一生禁止のままかもしれぬのか……）

もちろん一介の同心風情に判断を委ねるわけでなく、単なる目安として訊ねてみたというだけであろう。

ただ、それでも難しい問いだ。同心とはいえ小野寺も武士。できれば奉行には侍の矜持《きょうじ》を守り、土下座などせずにいてほしい。

その一方で──。

（土下座をずっと禁止……？　あのお奉行の土下座を？）

使者ふたりの前で小野寺は腕を組みつつ「ううむ」と唸り、しばし考え込んだのち、やっと答えを口にした。

「……土下座禁止《どげきんし》は、さほど意味の無きことかと」

「ホウ、なにゆえで？」

「お奉行は言わずと知れた土下座の名人。すべてを土下座で解決なさる。──ですが、あのお方にとって土下座は一番の武器ではないのです」

沢瀉はぽかんとなって、横の鷹羽と顔を見合わせる。

意味がわからぬということだろう。

「ならば小野寺殿、駿河守一番の武器とはなんでござろう？　あの者に、土下座以外のいかなる取り柄があると?」

「否。あのお方を見くびられてはなりませぬ。お奉行、牧野駿河守様はだれより心優しきお方。――常に天下万民のことを想っておられ、下々の者が困っていればすぐさまその手を差し伸べる。人に頭を下げさせるくらいであれば、自らが先に頭を下げる。そんな心根の持ち主なのでございます」

「それでは武器とは?」

「心根そのもの。――あのお方の心根は初めて会った者でさえ、顔を見ただけでなんとはなしに伝わるもの。そんな心優しき佳《よ》い人が、深々と頭を下げてなにかを乞い願うというのです。だれが逆らうことなどできましょう」

一番の武器は土下座ではなく、土下座の裏づけとなる人物そのもの。

あの牧野駿河守がその気になれば、土下座の行儀作法など関係なく同じ威力を発揮できよう。

それどころか頭を下げる必要すらあるまい。事実、土下座禁《どげきん》止以降は頭を下げずとも多くのことがらを解決してきたではないか。

「なので禁止しようとしまいと、さほど意味の無きことかと。――あのお奉行、土下座は好きでやっているだけにございます」

沢瀉と鷹羽はまたも顔を見合わせるや、互いに深く頷いた。

今度はわかってくれたらしい。


使者たちは「世話になり申した」と、土産《みやげ》の菓子折りと礼金の一両小判十枚を置いて去っていく。けっこうな大金であるが口止め料も兼ねていたのであろう。

同心屋敷に来た偽名のふたりが、本当は使者などでなく〝大御所老〟水野越前守忠邦と〝新進気鋭〟老中阿部伊勢守正弘、いずれも当人たちであったというのは小野寺はついぞ知らぬまま。

実のところ権力者ふたりは、小野寺の話をちゃんと理解していたわけではない。

だが彼の熱っぽい語り口と真摯《しんし》なまなざしを前にして、『この真面目そうな男にそこまで言わせるというならば』と、ふたりそろって決めたのだ。

――牧野駿河守のもとに土下座解禁の文が届いたのは、わずか四半刻後のことであった。

四

小野寺は奉行所に出仕するや、そのまま奉行の部屋へと呼び出される。

「お奉行、小野寺にございます」

入口の襖を開けるや――、

「うむ、小野寺か。――どうか、どうかこのとおり」

中では、いきなり奉行が土下座をしていた。

おそらく今頭を下げたのでなく、ずっとこの姿勢のまま待っていたのだろう。

「お奉行、いかがなされたのです？ 朝から『ど』の字など……。というより『ど』の字をしてもよろしいので？」

「うむ。文が来てな、土下座は解禁とのことだ。――よくわからぬが、お主のおかげでもあるそうな。読んでみよ」

文机の上には、来たばかりの沢瀉於菟五郎と鷹羽四郎五郎による連名の文が置かれていた。

手に取って文面に目を通すと……。

『――同心小野寺の言も踏まえ、土下座を許すものとする』

なるほど、たしかにそう書かれている。

朝のふたりは、やはりご老中たちの使者であったか。

「読んだか？　つまりは晴れて土下座解禁《どげかい》である。――なので、これは土下座初め。お主への感謝の土下座よ」

つまりは、めでたき祝いの土下座。

晴れ晴れとした慶《よろこ》びが、土下座の背から伝わってくるようであった。

（そういえば、明るいところでお奉行の『ど』の字を見るのはひさびさか。――やはり、めでたい土下座であるからか、賭場やおんぼろ神社で目にした出城土下座とはずいぶん違って見えるものだ）

あれは凶事の土下座。今にして思えば、まるで別人ではないか。

やはり、今回のような吉祥《きっしょう》土下座の方がよい。

やがて奉行はどこか名残惜しそうに、正面の小野寺へと顔を上げる。

「小野寺よ、これは土下座解禁《どげかい》の礼というわけではないのだが……お主の序列を、廻り方五位から四位に上げようと思う」

「――!!　本当にございますか！」

「無論だ。〝蝦蟇ちどり〟の一件にて、お主の功績は大。同心序列一位の百木や与力の梶谷も賛成してくれた」

「ありがたき幸せ……。ですが、拙者ひとりの手柄ではございませぬ。他の同心衆や、それから――」

咲く良や辰三、夜目鴉、上野の夜鷹。――そういった者たちの力添えあってこそであった。

それと、もちろん頭巾で顔を隠したお奉行も。

「言わずともよい。存じておる。だが、それらすべてでお主の手柄よ。――そうそう、それともうひとつ。お主のところにいる咲く良という娘のことだ」

「……あの者が、なにか？」

小野寺の肌にぴりりと緊張が走る。

奉行は、娘のことに触れるのか？　いったい、なにを言おうというのだ……？

「百木がな、その娘に十手を与え、お主の小者にすべきと薦めるのだ。どう思う？」

「たぬ……いえ、咲く良に十手を⁉」

危うい。父親の前で『狸』と呼んでしまうところであった。

だが、問題はそこではない。

「しかし、あの者、渡世人を親代わりとしていた娘……。しかも〝蝦蟇ちどり〟に乾分が一枚嚙んでいた浅草二ツ瀬一家でございます。十手を与えてよろしいので？」

「なにを言っておる。浅草二ツ瀬などという一家はもう無いぞ」

あっ、そうだ。そうであった。

つい先日、一家を畳んだではないか。

父親代わりの大親分が死に、一家は無くなり、本家の屋敷にも住んではいない。なれば、もはや咲く良は堅気のきれいな身。

晴れて十手持ちとなれるのだ。

（これであの狸、自分のげんこつを善きことに使える……。いや、それよりなにより父親の近くにいられる！　父である奉行のために働ける！　これほど嬉《うれ》しいことがあろうか）

我がことのように喜ばしい。

奉行も娘を近くに置きたくて、小野寺に預けるということかもしれぬ。ならば、それもまた嬉し。〝どげざ駿河〟の秘めたる父心を知ることができた。

いずれにせよ、本日もっともめでたき報せだ。

礼金で十両もらったことより。四位に出世したことよりも。

喜びのあまり小野寺の身は、半ば勝手に動きだし――、

「ありがたき！　ありがたき幸せにございます！」

ひれ伏し、額を畳にすりつけていた。

治りかけの瘤が擦れて痛むが、それでも止まらぬ。頭が上がらぬ。

「これ小野寺、せっかく出世したのに土下座などするものではない。どげ損であるぞ」

「いいや、少しも損などしておりませぬ。これは喜びを伝える『ど』の字。拙者がこんなにも嬉しいのだとお奉行にお伝えしたくて、それで『ど』の字をしているのでございます」

人は本当に嬉しいときには、この姿勢になるのかもしれぬ。少なくとも小野寺はそうなった。

牧野駿河は、おなじみの寝ぼけえびすで微笑《ほほえ》むと、

「そうか。ならば儂もご相伴。お主が嬉しいなら儂も嬉しい」

案の定だが、また土下座。

奉行と同心は、互いに頭を深々下げた。

「嬉し土下座であるならば、〝どげざさせ奉行〟になるのも悪くないものよ」

土下座名人と呼ばれる身ながら、まだまだ人に学ぶことばかり。――そう言って、奉行は顔を伏せたまま呵々《かか》と笑う。

奉行と小野寺、これにて『三方二どげ得』。

畳に額を擦る音は、終わることなく鳴り続けた。

この奉行の名は、牧野駿河守成綱。

人呼んで〝どげざ奉行〟。

のちに将軍家慶《いえよし》公より土下座御免状を賜《たまわ》り、腹心小野寺重吾と共にペリーと対決する男である。――その日は、決して遠くない。

小学館文庫
好評既刊

土下座奉行

伊藤尋也

ISBN978-4-09-407251-8

廻り方同心の小野寺重吾はただならぬものを見てしまった。北町奉行所で土下座をする牧野駿河守《するがのかみ》成綱《なりつな》の姿だ。相手は歳といい、格といい、奉行よりうんと下に見える、どこぞの用人。なのになぜ土下座なのか？　情けないことこの上ない。しかし重吾は奉行の姿に見惚《みと》れていた。まるで茶道の名人か、あるいは剣の達人のする謝罪ではないか、と……。小悪を剣で斬る同心、大悪を土下座で斬る奉行の二人組が、江戸城内の派閥争いがからむ難事件「かんのん盗事件」「竹五郎河童《かっぱ》事件」に挑む！　そしていま土下座の奥義が明かされる――能鷹隠《のうよういん》爪《そう》の剣戟《けんげき》捕物、ここに見参！

八丁堀強妻物語

岡本さとる

ISBN978-4-09-407119-1

日本橋にある将軍家御用達の扇店〝善喜堂《ぜんきどう》〟の娘である千秋は、方々の大店から「是非うちの嫁に……」と声がかかるほどの人気者。ただ、どんな良縁が持ち込まれても、どこか物足りなさを感じ首を縦には振らなかった。そんなある日、千秋は常磐津の師匠の家に向かう道中で、八丁堀同心である芦川柳之助と出会い、その凜々しさに一目惚れをしてしまう。こうして心の底から恋うる相手にようやく出会えたのだったが、千秋には柳之助に絶対に言えない、ある秘密があり——。「取次屋栄三」「居酒屋お夏」の大人気作家が描く、涙あり笑いありの新たな夫婦捕物帳、開幕！

小学館文庫
好評既刊

うちの宿六が十手持ちで すみません

神楽坂 淳

ISBN978-4-09-406873-3

江戸柳橋で一番人気の芸者の菊弥は、男まさりで気風《きっぷ》がよい。芸は売っても身は売らないを地でいっている。芸者仲間からの信頼も厚い菊弥だが、ただ一つ欠点が。実はダメ男好きなのだ。恋人で岡っ引きの北斗は、どこからどう見てもダメ男。しかも、自分はデキる男と思い込んでいる。なのに恋心が吹っ切れない。その北斗が「菊弥馴染みの大店が盗賊に狙われている」と知らせに来た。が、事件を解決しているのか、引っかき回しているのか分からない北斗を見て、菊弥はひとり呟くのだった。「世間のみなさま、すみません」――気鋭の人気作家が描く、捕物帖第１弾！

―――本書のプロフィール―――

本書は、小学館文庫のために書き下ろされた作品です。

小学館文庫

土下座奉行《どげざぶぎょう》
どげざ禁止令《きんしれい》

著者　伊藤尋也《いとうひろや》

二〇二三年十一月十二日　初版第一刷発行

発行人　石川和男
発行所　株式会社 小学館
〒一〇一-八〇〇一
東京都千代田区一ツ橋二-三-一
電話　編集〇三-三二三〇-五九五九
販売〇三-五二八一-三五五五
印刷所 ——————— 図書印刷株式会社

この文庫の詳しい内容はインターネットで24時間ご覧になれます。
小学館公式ホームページ　https://www.shogakukan.co.jp

ISBN978-4-09-407309-6